KB059879

편집자의 시대

SHIGEN KEIJI: ARU JINBUNSHO HENSHUSHA NO KAISO
by Keiji Kato
© 2021 by Keiji Kato
Originally published in 2021 by Iwanami Shoten, Publishers, Tokyo.
This Korean edition published 2023
by Sakyejul Publishing Ltd., Paju
by arrangement with Iwanami Shoten, Publishers, Tokyo.

편집자의 시대

일본 출판의 황금기를 이끈
편집자 가토 게이지 회고록

가토 게이지 지음
임경택 옮김

사□계절

머리말

이 책의 제목인 '사언경사思言敬事'[1]는 낯선 사자성어이다.

'게이지敬事'라는 내 이름을 보고, 어느 베버 전문가는 "일을 존경한다는 것은 말 그대로 '자흐리히sachlich(즉물적·비인격적)'라서 좋은 이름이다"라고 칭찬해주었다. 그 앞에 '사언思言, 즉 말을 생각하다'가 오면, 말에 생각을 감추고 일체의 사물을 소중히 하라는 뜻이 되어 편집의 본질을 나타내는

---

1 이 책의 원제이다.

듯한 의미가 된다.

이 사자성어는 중국 고전에 있는 것이 아니라 춘추전국 시대 진秦나라의 인장에 새겨져 있다. 진나라 사람이 왜 이 문자를 좋아했는지는 알 수 없으나 아주 좋은 말, 소중한 것이라고 생각했음에는 틀림없다. 두 글자가 내 이름과 겹쳐서 조금 말이 많아졌지만, 굳이 이 익숙하지 않은 사자성어를 책 제목으로 정한 데에는 이러한 배경이 있다.

편집자가 될 수밖에 없는 이름을 받은 내가 어떻게 해서 실제로 편집자가 되었는가 하는 회상과 함께, 그 과정에서 만났던 사람들, 만났던 책들에 대해 적어둔 글을 모아 한 권의 책으로 묶었다. 나는 출판사 미스즈서방의 인문서 편집자로서 1960년대 후반부터 2000년까지 일을 했다. 마지막 무렵에는 그늘이 있었다고는 하지만 인문서의 '벨 에포크 Belle Époque(좋은 시절)'였다고 할 수 있을 것이다.

그다지 큰 책은 아니지만 조금이라도 그 시대의 모습을 전할 수 있다면 기쁘겠다.

차례

머리말 4

일러두기

1. 이 책의 인명, 지명, 도서명 등의 외래어 표기는 국립국어원 외래어표기법을 따르되, 한국 독자에게 익숙한 일부 한자어와 신해혁명 이전의 중국 인명은 한국어 발음으로 표기하였다.

   예) 미스즈서방みすず書房, 이와나미서점岩波書店, 이와나미신서岩波新書, 지쿠마학예문고ちくま学芸文庫, 둔황유서총목색인敦煌遺書総目索引, 이탁오李卓吾

2. 인명, 도서명, 출판사명의 원문은 맨 뒤에 수록된 색인에 표기하였다.

3. 원서에서 소개하는 일본어판 번역서의 제목은 한국에 번역 소개된 책은 한국어판 제목으로, 그렇지 않은 경우는 일본어판 제목을 번역해 표기한 뒤 색인에 원서명을 병기하였다.

4. 각주는 모두 옮긴이 주이다.

1부

한 인문서 편집자의 회상

1장

내 안의 DNA

먼저 숙부님 이야기부터 시작하는 것이 좋겠다고 생각했다. 숙부님은 '이에家(집)'라는 제목의 글을 남기셨다. 시작 부분의 한 줄, "이 글을 쓰기 시작한 것은 내가 한가로웠기 때문이다." 이 말이 매우 마음에 들었다. 이 무렵, 그러니까 1943년 8월에 숙부님은 중국 둥베이 지역의 수이탕綏湯(지금의 어디일까?)에 주둔하는 부대에 소속되어 국경 건너편으로 소련의 산이 늘어선 모습을 온종일 바라보며 지냈다. 이제 곧 남방 전선의 지옥 같은 풍경을 보게 되리라고는 당시에는 알 도리가 없었다. 숙부님의 글에 우리 '집안'의 역사가 간략하게나마 기록되어 있을 것이라 생각하고 다시 읽어보았지만, 집안에 대해서는 아주 조금 언급하고 있을 뿐이라 내 짐작은 완전히 빗나갔다. 기억은 정말 믿을 수 없는 것이다.

하지만 숙부님의 명예를 생각해서 좀 더 자세히 말한다면 당신의 부모나 형제자매에 관한 기술은 나름대로 재미있었다. 글에는 가에이嘉永(1848~54년)[1] 시대에 태어난 조모(나에게는 증조모)가 불렀던 노래가 채록되어 있다. "이이井伊 가몬掃部은 미국에 기울었던 죄로 목이 잘린 게 아닐까?"라든가, "시라카와를 공격하고 아침에 돌아오는 길에 니혼마쓰"[2] 등 아마도 오슈奧州[3]를 정벌하러 온 관군이 부르던 노

---

1 일본의 연호 중 하나.

2 히코네번의 번주 이이 가몬은 에도 막부 말기에 막부에서 대로大老를 역임하며 개국파로서 미일수호통상조약에 조인하여 일본의 개국과 근대화를 단행했고, 반대파를 숙청했지만 그 반동으로 암살되었다. 니혼마쓰는 막부 말기 막부군과 신정부군이 싸운 보신戊辰전쟁의 격전지였던 아이즈시 근처를 가리킨다. 신정부군이 승리하였고, 국내의 다른 교전 단체가 소멸되었다.

3 지금의 후쿠시마, 미야기, 이와테, 아오모리 등 네 개 현.

래일 것이다. 증조모가 살았던 후쿠시마현의 아라이무라(지금의 후쿠시마 시내)는 고케시 인형[4]으로 잘 알려진 쓰치유 온천을 지나 아이즈로 빠지는 길에 있었다.

친조모 쪽 일가를 거슬러 올라가면, 미토번의 가로家老인 도다 긴지로 다다아키라라는 인물을 만나게 된다. 미토의 도쿠가와 나리아키[5]를 후지타 도코[6]와 함께 떠받쳤던 인물로 그에 대해서는 예전에 「도다 긴지로 부자 이야기」라는 글에 썼다(이 책 2부에 수록). 그의 셋째 아들이었던 나의 조상은 막부 말기에 미토번이 벌인 '피로 피를 씻는 싸움'에서 목숨만 겨우 부지하여 후쿠시마로 도망을 갔다. 그 글에는 쓰지 않은 것이 하나 있다. 도다의 자손으로 기쿠치 가문에 양자로 갔던 신노스케는 육군대장이 되어 1922년에 조선 군사령관, 1926년에 교육총감에까지 올랐다. 아라이무라의 하쿠산지에 그 편액이 걸려 있는 것을 보았다. '용왕매진勇往邁進, 기쿠치 대장'이라고 쓰여 있었다.

---

4   팔다리 없이 몸통과 머리만으로 이루어진 원통형 목각 인형으로 일본 도호쿠 지방에서 유래했다.
5   미토번 제9대 번주이자 에도막부 제15대 쇼군 도쿠가와 요시노부의 친부.
6   에도 시대 말기 일본의 무사이자 학자.

가토의 조부 이쓰지는 오랫동안 후쿠시마 현청에 근무했고, 이시카와군의 군수와 권업과장을 역임했다. 사직한 후에는 제사製絲공장 후코쿠칸의 지배인으로 초빙되었지만 1차 세계대전 이후의 불황으로 그 번영도 끝나버렸다. 이후에는 전등 회사의 지배인이 되었지만, 이 또한 '직공의 도태淘汰'[7]를 당했다. 결국 강제로 목이 잘린 것이다. 분재를 대단히 좋아했던 조부는 경영과는 아주 거리가 멀었다. 의옥疑獄[8] 사건에 휘말렸지만, 무죄 판결을 받은 것을 보더라도 단지 근엄하고 올곧은 관리였으리라 생각한다. 덧붙이자면, 내 이름을 『논어』의 '학이제일學而第一'에서 취하여 '게이지敬事(경사, 일체의 사물과 일을 소중히 하라)'라고 지은 분이 바로 이 조부님이다.

우리 '집안'의 역사를 더듬다 보면 그 외에도 여러 가지가 있는데, 타이완의 '무사번 퇴치霧社蕃退治(선주민족 학살, 영화 〈시디크 발레賽德克巴萊〉[9]의 세계)'를 자랑스러워하는 경찰관도 있고, 브라질에서 '우리는 지지 않았다며 설치던 사람勝ち

7 정리해고.
8 권력과 결부된 비리, 정치자금 스캔들, 경제 범죄 등을 말한다.

組'[10]도 있기에 마치 일본 근대사의 오점을 파내는 것 같은 기분도 들어서 이제 나 자신의 이야기로 옮겨 갈까 한다.

나는 1940년, 환상의 도쿄 올림픽[11]의 해에 태어났다. 이 듬해 일본은 태평양전쟁에 돌입하여 세계를 적으로 돌리고 싸우게 된다.

조각조각의 기억은 일단 물려두고, 우선 내 머릿속에 정리되어 있는 기억인 패전 전야 1945년 8월 14일 밤으로 거슬러 올라간다. 그날 밤, 사이타마현의 구마가야는 미군의 공습을 받았다. 방공호 밖에서는 쏟아붓는 소이탄에 사방이 불타오르는 소리만 들려왔다. 방공호 안에서 하룻밤을 지내고 나와 폭격을 받아 불타버린 곳에서 올려다본 하늘은 유난히도 파랬다. 물론 패전 따위 알 턱이 없는 아이였지만,

9 타이완의 선주민족 시디크족Seediq, 賽德克이 일본 식민 정부의 강압적 통치에 항거하여 1930년 10월 27일 일으킨 '무사번 퇴치' 혹은 '무사사건霧社事件'을 소재로 한 영화로 한국에서는 '워리어스 레인보우'라는 제목으로 개봉했다.
10 이민 사회에서 일본이 2차 대전에서 패하지 않았다고 믿으며 살던 사람들.
11 본래 1940년에 열릴 예정이던 도쿄 올림픽은 2차 세계대전의 발발로 개최가 취소되어 '환상의 도쿄 올림픽'이라고도 불린다.

8월 15일 무렵이면 라디오에서 틀에 박힌 듯이 "또다시 저 푸른 하늘의 여름이 돌아왔습니다"라고 말하는 것을 듣고, '정말 그렇네'라고 생각했었다.

두 번째 기억. 아버지의 공장은 철판을 만드는 '압연' 작업을 하던 군수공장이었는데, 평화 산업으로 전환하는 길을 모색해야 해서 프라이팬 제작에 도전했다. 그 시제품을 바라보던 아버지의 모습이 두 번째 기억이다. 어린아이로서 역사의 전환을 지켜보았다고 하면 과장이겠지만, 그만큼 전쟁과 평화에 관한 선명한 기억이다.

패전은 구마가야에서 맞았지만, 그 다음다음 해에는 가나가와현 가마쿠라에서 소학교에 입학했고, 2학년 때까지 그곳에서 보냈다. 자이모쿠자 해안에 가까워서 조용한 밤에는 끊임없이 파도 소리가 들렸다. 유년 시절의 추억 상자에 흐르는 것은 바로 그 파도 소리이다.

3학년 때에 도쿄로 이사했다. 세타가야의 오쿠사와라는 곳이었다. '해군촌'이라 불리던 해군의 높은 분들이 살던 곳의 한 귀퉁이로 그때부터 오랫동안 그곳에서 살았다. 우리 집은 원래 노다 센스케라는 해군 회계 담당 소장의 집이었던 것 같다. 사택이기는 하지만 600평의 부지에 240평의 집이 서 있었다. 건너편의 사와노 씨는 어느 나라인가의 주재 무관이라고 했는데, 서양풍의 집에 살고 있었기 때문에 그 집은 진주군에게 접수되었고 대문에는 미군 장교의 로마자 표찰이 걸려 있었다. 사와노 부인은 상당히 모던한 여성으로 시도 쓰는 사람이었다. 『판도라의 상자』라는 시집을 우리 집에도 한 권 주셨는데, 내용은 기억하지 못한다. 그 이웃은 탄씨 성을 가진 중국인으로, 일요일이면 아침부터 마작 패를 돌리는 소리가 났다. 마작에 '작雀' 자가 들어가 있는 이유를 잘 알고 있었지만[12], 대나무와 상아패가 아니면 그 (참새) 소리가 나지 않는다. 근처에 나카무라라고 하는 동년배의 남자아이가 있었다. 그 아이의 집은 바이올린 수리·제조를 생업으로 하면서 바이올린 교실도 운영했다. 그는 대단한 소식통으로, 대각선 맞은편에 살던 가토 씨의 서양인 부인이 요코하마에서 댄서를 한다고 가르쳐주었다. 가토 씨네 부부의 쌍둥이 아이들 중 따님은 마치 서양 인형 같았다. 우리 집에서 가장 가까운 역은 지유가오카였고, 『창가의

12 마작 패를 섞을 때 나는 소리가 참새가 재잘거리는 소리를 닮았다고 하여 '참새 작雀'을 썼다고 한다.

토토』의 작가 구로야나기 데쓰코가 다녔던 도모에 학원 건물과 낡은 전차가 지금의 피코쿠스토어 근처에 서 있었다는 것도 기억하고 있다. 말하자면, '쇼와昭和 모던'[13]이 전후를 맞이한 것 같은 지역이었다.

가마쿠라에서는 해안과 뒷산에서 놀았던 기억만 있는 것을 보면, 책을 읽기 시작한 것은 이 오쿠사와의 집으로 이사한 후였을 것이라 생각한다. 패전 직후였기에 아이들을 위한 새로운 책은 있을 리 없었고, 열다섯 살 위의 형이 읽던 소년 잡지를 읽었다. 세상은 민주주의인데, 머릿속은 여전히 군국주의였다. 소년·소녀 잡지의 영향력이 컸다고 생각하는데, 호사가의 고증은 별도로 치고 그에 대한 분석이 과연 있었던가? 그런 의미에서 조지 오웰의 「소년 주간지」라는 문장에서 그가 눈여겨본 부분과 그 분석에는 감동하였다.

오웰이 소년 잡지의 기사 내용을 학교물과 모험물로 분류한 대목이 있어서 내가 읽던 잡지가 어느 쪽인지는 잘 알 수 있었다. 분류하면 학교물에 속하겠지만, 영국 퍼블릭 스

---

13 일본의 쇼와 시대(1926~89년) 초기인 1930년대에 서양의 문물이 유입되면서 나타난 근대적 생활양식을 말한다.

쿨의 소년과 황국의 소년은 그 경험이 아주 달랐다. 일본의 소년 잡지에는 다음과 같은 기사가 있었다. 붓글씨 수업 시간에 갑자기 엎드려 엉엉 운 소년의 이야기이다. 한 소년이 신문지에 글자 쓰기 연습을 하고 있었는데, 정신을 차려보니 뒷면에 있는 '천황 폐하'의 사진에 먹이 스며들어 존안을 더럽히고 말았던 것이다. 그 죄로 벌벌 떨던 소년의 이야기. 어째서 이것이 그리도 인상 깊었는지는 알 수 없다. 세상은 이미 민주주의가 되었다지만 얼마 전까지만 해도 믿을 수 없이 부조리한 세계가 있었고, 소년의 이야기도 그중 하나라 여겼기 때문일까? 아니면 단지 소년의 불운을 동정한 것일까?

모험물과는 조금 다르지만 이런 이야기도 있었다. 중국 둥베이의 만주 지역에서 한 경찰관의 아내가 남편이 비적을 토벌하러 간 후에 혼자서 주재소를 지키다 쳐들어온 비적과 싸운 이야기였다. 기모노 차림의 진지한 표정을 한 여성이 팔죽지가 다 드러난 흰 팔로 권총을 들고 있는 삽화가 있었는데, 그 그림에 흘려버렸다. 후에 아카쓰카 후지오[14]의

14 일본의 만화가로 개그 만화의 전설로 불린다. 1935년 만주국에서 태어났다.

자서전 『이것으로 충분해』를 읽고 놀랐다. 이와 비슷한 이야기가 나왔기 때문이다. 아카쓰카의 부친은 '만주국' 경찰관이었다. 그러니까 아카쓰카 후지오의 어머니가 이야기 속 여성이었던 것이다. 공교롭게도 오웰도 인도제국의 경찰관으로 미얀마에서 '코끼리를 쏜' 경험이 있다.

좀 더 쓸데없는 이야기를 한다면, 아카쓰카의 '이것으로 충분해'라는 대사는 중국어의 '메이파쯔没法子'라는 말에서 온 것이라고 한다. 이에 대해서는 '진돈와카메チンドンわかめ'[15]의 오바 히로미 씨가 알려주었다. 션양의 중국인들 사이에서 자란 아카쓰카는 그들이 자주 입에 올리는 '메이파쯔'가 보통은 '어쩔 수 없다'라고 번역되는데, 무언가를 포기하는 말이 아니라 그보다 더욱 깊은 의미가 있다고 그 나름대로 해석한 것이다. 오바 히로미 씨는 자기 시아버지가 황군 병사로서 중국 전선에서 싸울 때 '중국인은 살해당할 때 왜 모두 메이파쯔라고 하는 걸까?'라며 신기하게 여겼다는 이야기를 들려주었다.

---

15 진돈이란 북소리를 내며 사람들에게 그 지역의 상품이나 가게를 선전하던 청부 광고업의 한 유형으로, '와카메'라는 별명으로도 불리던 오바 히로미가 이런 종류의 광고를 했던 것으로 보인다.

잡지뿐 아니라 야마나카 미네타로[16]의 『아시아의 새벽』과 같은 모험소설도 탐독했다. 놀랍게도 주인공인 대동大東의 철인 혼고 요시아키는 중국어 실력이 뛰어났다. 야마나카 미네다로는 육군사관학교 출신으로 중국어를 해석하는 것 정도는 당연한 일이었고, 중국어로 대화하는 것도 아마 스파이에게는 필수 교양이었을 것이다. 그래도 놀랐다. 인적 없는 상하이의 마굴에 숨어 들어간 혼고 요시아키가 어둠을 향해 소리를 내 "유런메이유有人沒有(누구 없어요)?"라고 자신있게 말한 것이다. 한자와 루비ルビ의 발음[17]으로 조립된 신기한 언어에 매료당했다. 일본 밖에는 이런 말을 사용하는 세계가 있는 것일까? 중국어를 배우기 시작했을 때 적어도 주리격설侏離鴃舌(새들의 지저귐같이 뜻을 알 수 없는 말)이라고 생각되지는 않았으니 당연히 위화감도 없었다.

전시 중의 유산은 아직 주위에 여러 가지 형태로 남아 있

16 육군 장교 출신의 소설가, 번역가로 전전에는 주로 소년 잡지에 모험소설을 연재했고, 전후에는 셜록 홈스 시리즈 등을 어린이용으로 번안 소개하는 세계명작탐정문고에 적극적으로 참여했다.
17 한자를 읽기 위한 일본어 발음 표시를 루비라고 한다. 즉 한자를 일본어로 된 발음 기호로 읽었다는 뜻이다.

었다. 누님이 NHK인가 어딘가의 어린이합창단에 소속되어 있어서 우리 집에는 아이들이 무솔리니를 위해 부른 이탈리아 노래를 담은 레코드가 남아 있었다. 맨 앞에 가타카나로 억지로 읽는, 조금 긴 이탈리아어 헌사가 있기에 누나 목소리냐고 물었더니 아니라고 했다. 뭐라고 해야 좋을까? 조금 흥분되는 마음이 이는 곡이었기에 가끔 듣곤 했다. 파시스트당, 검은 셔츠 부대의 노래이다. 최후의 소절 '조비네차 조비네차Giovinezza' Giovinezza'[18]라는 아이들의 노랫소리('청춘이여 젊은이여'라는 의미인 것 같다)가 지금도 귓전에 남아 있다.

아버지는 리켄콘체른[19]의 오코치 마사토시에게 스카우트되어 그 아래에서 일했다. 오코치 마사토시는 도쿄 상과대(현재의 히토쓰바시대학) 졸업이라는 고학력을 빼면 다나카 가쿠에이[20]와 다름없는 분이었다. 오코치 씨의 아들 노

---

18 20세기 전반 이탈리아의 국가파시스트당 당가로 불렸던 〈조비네차〉의 후렴구로 '젊음', '청춘'이라는 뜻이다.

19 일본 이화학연구소理化学研究所, 줄여서 이연理研(리켄).

20 일본의 제64, 65대 총리를 역임한 인물로 서민 출신의 자수성가한 정치인의 대명사 격이지만 뇌물수수, 금권정치 등으로 얼룩진 정치 경력을 가졌다.

부타케(필명은 오가와 신이치)는 도쿄제국대학의 '신인회新人会' 소속으로 좌익 문화단체를 이끄는 입장이었는데, 아버지는 오코치 씨에게서 아들을 잘 돌봐달라는 부탁을 받았다. 그래서 미야카와 도라오(후에 일중문화교류협회 이사장), 미야우치 이사무(비합법 시대의 일본공산당 다수파, 『어떤 시대의 수기-1930년대 일본공산당 사사私史』의 저자) 같은 사람들과 전시 때부터 교류했고, 패전 시에 "드디어 우리의 시대가 왔습니다, 함께 합시다"라는 말을 들었을 때는 매우 곤란했다고 한다. 아버지의 장서 가운데 뎃토서원[21]의 『신흥 과학의 깃발 아래로』 등의 좌익 문헌이 책장의 절반 정도쯤 되었을까. 이 책들은 선물로 받았을까, 아니면 보호관찰(?)의 필요에 따른 것일까. 이 좌익 문헌들은 또 하나의 관심사였던 야나기무네요시 등의 민예운동 잡지와 함께 당시 신설된 국제상과대 도서관에 빼앗겼다.

아버지는 술도 담배도 하지 않는 분이셨다. 책과 골동품을 모으는 것이 취미였다. 골동품을 수집하는 취미를 갖게 된 시기는 오코치 노부타케가 패전 후 이소노 후센시라

21 마르크스주의 이론서를 중심으로 출간하던 출판사.

는 이름으로 일본도자협회 이사장이 된 시기와 일치한다. 1950년 이와나미소년문고가 발간되자, 아이들을 위해『보물섬』,『키다리 아저씨』등을 잇달아 사주셨다. 그러나 이미 소년 잡지에 맛을 들인 내게 서양 이야기는 말 그대로 '새빨간 거짓말c'est de la littérature'로 여겨져 도무지 열중할 수 없었다. 소년문고에서 즐겨 읽은 것은 이부세 마스지가 번역한『두리틀 박사 시리즈』, 에리히 캐스트너의『로테와 루이제』의 기상천외한 이야기 정도였다고 할까.『한스 브링커, 또는 은색 스케이트』[22]는 표제작에 이끌려 몇 번이고 읽으려 도전했지만, 네덜란드도 스케이트도 가난도 실은 내게 먼 세계였다. 읽으려 해도 읽을 수 없는 책(그런 책의 목록은 점점 늘어만 갔다)의 대명사처럼, 그 책의 이름은 오래 기억되었다.

이런 경험이 있는 만큼 미야자키 하야오가 쓴『책으로 가는 문-이와나미소년문고를 말한다』(이와나미신서, 2011년)에는 놀라기도 했고 감동도 했다. 한 살 차이 나는 동세대 사람으로 이 책에 쓰인 그대로가 아니더라도 이만큼이나 그

---

22 미국의 작가 메리 맵스 도지가 네덜란드를 배경으로 쓴 소설(1865년 작).

이야기들을 이해하고 흡수하고 상상력의 원천으로 삼았던 사람이 있었던 것이다. 미야자키 하야오가 거론한 책의 제목도 모두 알았고, 『치폴리노의 모험』에 나온 양파 삽화도 무척이나 그리웠다. 그가 소개한 삽화는 모두 본 기억이 있다. 하지만 내용은 모르는 것이다. 그래도 『책으로 가는 문』의 권두화, 마루 끝에 앉아 몹시 배부른 상태에서 손으로 턱을 괴고 책을 읽는 소년의 모습은 내 모습이기도 했다.

그 무렵 이와나미서점에서 『소년 미술관』(1950~53년)이 간행되었다. 야스이 소타로의 장정도 수수하면서 멋있었고 고지마 기쿠오의 해설도 훌륭했지만, 빈틈을 주지 않고 아이들과도 일절 타협하지 않는 스타일은 도저히 감당할 수가 없었다. 신기하게도 인쇄의 아름다움, 예를 들면 노트르담 대성당의 괴수 석상 등 흑백 사진의 상세한 음영까지 선명하게 인쇄된 그 아름다움만큼은 확실하게 전해졌다. 그 책을 몇 번이고 보았기 때문에 얼마 전 텔레비전에서 노트르담 대성당이 불타오르는 모습을 보았을 때도 나는 화염에 휩싸인 그 괴수 석상의 모습이 떠올랐다.

잊히지 않는 책이 한 권 있다. 1947년판 『소년아사히연감』(아사히신문사)이다. 이해에 창간된 『연감』의 시작 부분에는 칸트의 『영구평화론』이야기가 인용되어 있다. 이 '영구평화론'이라는 말이 죽은 자를 위해 묘에 새겨진 말이라는 것을 알고 감동했던 일을 잘 기억하고 있다. 『연감』을 만든 편집자들의 뜻은 더 높은 곳에 있었을 테지만, 그래도 그 뜻이 조금이라도 사람들에게 전해진다면 좋겠다고 생각했는데 과연 그랬을까? 나와 마찬가지로 이 『연감』을 구석구석까지 읽은 소년이 한 사람 더 있다는 것을 알았다. 세계적인 경제학자 아오키 마사히코이다. 그와는 인생에서 두 번 정도 스쳐 지나갔는데, 그 두 번도 어쩌면 『소년아사히연감』의 애독자였던 인연에서 온 것인지도 모르겠다. 그는 『나의 이력서 인생월경게임』에서 이 책에 대해 이렇게 말했다.

"국내외 뉴스나 삼라만상에 관한 정보로 가득 차 있어서 지금으로 치면 위키백과에 열중하는 사람들이 모이는, 요새 말로 오타쿠적인 특성이 있는 곳이었는지도 모르겠다."

나도 크리스마스 선물로 받은 이 책을 볕이 잘 드는 마루 끝에서 그야말로 배부른 상태에서 온종일 탐독했고, 그러다 밤에 목욕하러 들어가 코피가 목욕물을 붉게 물들이는 것을 아찔한 마음으로 바라보았다. 오타쿠라 해도 코피가 날 때까지 『연감』을 읽는 아이는 드물 것이다.

1950년 여름이 가까운 조금 무더운 오후(6월 25일), 한반도에서 전쟁이 시작되었다는 뉴스 특보를 들었다. 그 탓인지 태평양전쟁보다 한국전쟁이 내게는 더 가깝게 다가온다. 인천상륙작전(9월 15일) 전날 밤에는 태풍이 불었다는 이야기를 고베에 있는 연상의 친구에게 들었는데, 정말 그랬던가? 태풍이 지나가고, 상륙작전에 동원된 배가 일제히 고베에서 출항했다고 한다. 나중에 인천국제공항에 처음 내렸을 때는 이곳이 바로 그 인천인가라는 감개마저 일었다.

후에 입수한 한국전쟁 사진집에 『라이프』지의 사진가 데이비드 더글러스 던컨이 『이것이 전쟁이다!』라는 책을 찍은 사진이 있었다. 그는 피카소의 사생활 사진을 찍기도 했던 사람이다. 1951년에 간행된 책이니 전쟁 중에 나온 것이다. '사진 정보Photo Data'라는 이름의 마지막 페이지에는 전장 카메라맨이 사용하는 장비 등에 대한 내용이 쓰여 있어 재미있게 읽었다. 거기에 "니코르 렌즈NIKKOR Lens는 쓸 만하다. 도쿄에서 필요한 부품은 모두 갖출 수 있다"라는 문장이 있었다. 일본 광학 산업의 수준이 『라이프』의 사진가에게 인정받는 순간이었다. 한국전쟁으로 일본은 경기가 크게 좋아졌다. 광학 산업도 그랬고, 철강 관련 회사를 경영하고 있던 우리 집도 예외가 아니었으며, '가네헨 경기(섬유·기계금속 공업의 활황)'라고 불렸을 만큼 큰 은혜를 입은 것은 분명하다.

'지知의 거인'이라 불린 논픽션 작가 다치바나 다카시도 나와 같은 나이인데, 그의 독서 편력을 읽다 보면 어린 시절과 청년 시절에 읽은 책의 양에 압도당한다. 그것이 지금의 그를 만든 것이 분명하다. 아마도 나는 그 100분의 1, 아니 1000분의 1도 읽지 않은 게 아닐까? 다치바나 다카시는 소학생 시절 가와데서방판 『세계문학전집』을 읽었다고 하니 두 손 들었다. 이와나미소년문고나 『소년아사히연감』 수준의 소년 독자를 가볍게 넘어섰던 것이다.

그래도 열 살 무렵에 만난 책 한 권으로 그 아이는 자기 앞에서 세계가 한순간에 열리는 경험을 했다고 생각한다. '책으로 가는 문'은 '세계로 가는 문'으로도 통했다.

2장

살아남은 사람

중학교 2학년 때 큰 사건을 목격했다. 1954년 10월 8일, 아자부중학교의 2학년생 276명이 가나가와현의 사가미호로 가을 소풍을 갔다. 점심 식사 후 75명의 학생이 유람선을 탔다. 가랑비가 내리고 있었다. 선착장을 떠나 호수 가운데로 나아가던 배의 뒷전을 무심코 눈으로 좇고 있었다. 10분 정도 지났을까, 물속으로 빠져 들어가듯이 배 그림자가 시야에서 사라졌다. 잠시 후에 사이렌 소리가 호수면 위로 울려 퍼졌고, 선착장에서 모터보트 여러 대가 호수 가운데로 일

1부　한 인문서 편집자의 회상

제히 달려가기 시작했다. 그다음으로 선착장에서 번쩍번쩍 빛을 내던 라이트, 빗속을 뚫고 귀갓길에 오른 버스 행렬. 단편적인 장면들이 떠오르기는 하지만, 기억이 띄엄띄엄 잘린 채다. 밤이 되자 22명의 죽음이 확인되었다.

'사가미 조난 사건'이라 불리는 사건이다. 후에 반 친구 한 명이 그 사고로 인해 인생관이 바뀌었다고 했는데, 아직 인생관이라고 할 만한 것은 없는 나이였던지라 '살아남은 사람'이라는 감각만이 남았다. 아마 그도 그런 정도로 이야기하고 싶었을 것이다. 그 말을 했던 나리타 아쓰히코 군은 도쿄대학에서 영문학을 공부하고, 교양학부 교수가 되어 『셜록 홈스가의 요리 독본』을 번역했다. 당시 나는 중앙자동차도로를 지나 눈앞에 아름다운 사가미 호수의 수면이 보이자 '살아남았구나' 하는 생각과 그 푸른 호수의 바닥에서 소년들이 놀고 있는 것 같은 불가사의한 감각에 사로잡혔다.

이 사건이 일어나기 2주일쯤 전인 9월 26일에는 세이칸靑函[23] 연락선 도야마루가 태풍으로 침몰하여 1155명의 희생

---

[23] 아오모리青森와 하코다테函館의 앞 글자를 딴 것으로 세이칸 연락선은 두 지역을 잇는 배를 뜻한다.

자가 발생했다. 이 일본 최대의 해난 사고를 배경으로 미즈가미 쓰토무가 『기아해협』을 썼고, 우치다 도무는 이를 영화로 제작했다. 이해 사회면의 10대 뉴스 1위가 도야마루 사고, 2위가 시가미호 사건이었다.

그 무렵 나는 실어증에 걸린 것 같은 상태였다. 특별히 친구들과 이야기를 나누고 싶다는 생각도 들지 않았다. 그래서 건방지게 보였을지도 모르겠지만, 그런 것은 아니었다. 필요가 없었던 것이다. 충분히 만족스러운 고독이라는 것도 있다. 수업이 끝나면 도서실에 갔다가 귀갓길에 지유가오카역에 내려서 거의 매일 후지야서점 신간 코너에 들렀고, 때때로 니시무라분세이도의 헌책도 살펴보는 식의 일과를 보냈다. 잡지는 분세이도에 예약했다. 분세이도의 주인 부부는 노부부로 보였지만, 지금 생각해보니 그렇지도 않았던 것 같다. 상냥한 분들이었다. 후지야서점도 분세이도도 모두 아직까지 건재하다.

아버지는 『예술신조』를 창간호(1950년)부터 줄곧 분세이도에 예약했다. 『예술신조』에는 앙드레 말로의 「동서 미술론」 등이 오랫동안 연재되었다. 궁금해서 읽어보기는 했지만 무엇을 말하는지 전혀 알 수 없었다. 그래도 '공상의 미술관'[24]이라는 제목에서 알 수 있듯이 방대한 복제 사진으로 생각지도 못했던 예술 작품의 조합을 즐길 수 있었다.[25] 진고지에 소장된 후지와라노 다카노부가 그린 〈다이라노 시게모리 상〉[26], 〈미나모토노 요리토모 상〉[27]을 알게 된 것도 말로의 문장을 통해서였고, 실물을 눈으로 확인했을 때는 동경해 마지않던 사람을 만난 것 같은 마음이었다.

『예술신조』에서 즐겨 보았던 것은 뭐니 뭐니 해도 양쪽 두 페이지로 구성된 신작 영화 소개란이었다. 몇 개의 장면을 열거하고, 거기에 이야기를 붙인 형태였다. 〈독일 영년〉이라는 영화는 지금도 기억이 난다. 약자는 살 가치가 없다며 나치즘을 신봉하는 교사에게 영향을 받은 한 소년이 칭찬을 기대하며 병든 아버지를 독약으로 죽였는데, 뜻밖에 비난을 받자 아버지의 관을 실은 차가 출발하는 것을 배웅한 뒤 창밖으로 몸을 던진다는 이야기였다. 독일 영화라고

24 후에 출간된 『동서 미술론』 1권의 제목은 공상의 미술관, 2권은 예술적 창조이다.
25 이 잡지는 사진이 다수 게재되어 있어 마치 미술관에 온 것처럼 많은 예술 작품을 볼 수 있었다.
26 헤이안 시대의 무장 다이라노 시게모리의 초상화.
27 가마쿠라 막부의 초대 쇼군 미나모토노 요리토모의 초상화.

만 생각했는데 후에 이탈리아의 거장 로베르토 로셀리니가 1948년에 제작한 영화(일본 개봉은 1952년)라는 것을 알게 되었다. 영화 자체만 보면 이야기가 완벽에 가까웠다. 당시 나는 이 이야기가 어지간히 마음에 들었나 보다.

하나 더 기억나는 작품은 〈한여름 밤의 미소〉(1955년)이다. 줄거리는 전혀 기억나지 않지만 무슨 까닭인지 분위기는 기억하고 있다. 아마도 제목과 여자 배우의 사진 탓일 것이다. 거장 잉마르 베리만의 작품이라는 사실을 알게 된 것은 훨씬 더 이후의 일이다. 1970년대의 뮤지컬 〈리틀 나이트 뮤직〉이 이 영화에서 영감을 받아 만들어졌다는 이야기를 듣고 매우 놀랐는데, 20세기 초 스웨덴을 배경으로 한 스티븐 손드하임의 세 박자 곡이 한없이 아름다웠다. 덧붙이자면 손드하임은 브레히트를 싫어했다. 영화 자체보다 『예술신조』에 실린 사진 한 장 한 장이 선명하게 기억나는 것은 왜일까?

그 외에 내가 예약했던 잡지는 『어린이의 과학』과 『초보의 라디오』였다(모두 세이분도신코샤). 후자는 음악을 듣는 장치를 만들기 위한 것이었다. 플레이어에 앰프를 연결하여 당시 막 보급되기 시작했던 레코드판을 사 와서 듣곤 했다.

경건한 크리스천 집안에서 태어난 친구 시미즈 유키로 군이 세자르 프랑크가 좋다고 하기에 들어본 적도 없는 그 이름에 놀라 나도 대항하는 심정으로 드미트리 쇼스타코비치의 〈피아노 5중주〉 레코드판(할리우드 현악 4중주단의 연주였다)을 샀다. 덕분에 마지막 비올라 소나타까지, 그리고 이 곡을 둘러싼 알렉산드르 소쿠로프의 다큐멘터리 영화까지도 접하게 되었다. 원래 음악을 듣는 소질은 있었는지 집에 있던 빅터[28]의 반포회頒布會[29]인지 뭔지를 통해 정기 구입한 일련의 SP판[30] 중에서 완다 란도프스카가 연주하는 쳄발로 곡, 세르게이 프로코피예프의 〈세 개의 오렌지를 위한 사랑〉, 아르튀르 오네게르의 〈퍼시픽 231〉 등은 그 독특한 소리에 이끌려 몇 번이고 들었다. 지금도 내가 LP로 현대음악을 들려주는 오쿠보의 카페 바에 때때로 얼굴을 내미는 것은 그 자취이다. 쇼스타코비치와 스탈린의 예로 잘 알려진 것처럼

---

28 빅터VICTOR는 1927년에 설립한 일본 굴지의 영상, 음향기기 제조업체로 일본에 최초의 텔레비전을 도입하고 VHS 비디오 기록 장치를 개발했다.
29 회비를 지불한 회원에게 상품이나 간행물을 정기적으로 보내주는 판매 서비스.
30 Standard-Playing Record를 뜻하는 것으로 LP판보다 먼저 나온 음반이다.

현대사와 현대음악에는 기묘한 관계가 있다. 전체주의에 대한 책을 만들면서 아널드 쇤베르크의 〈바르샤바의 생존자〉를 듣노라면, 그 기묘함을 절로 느낄 수 있었다.

하지만 실제로 도움이 된 것은 오페라광이었던 형이 준 오페라 아리아 EP판일 것이다. 고맙기는 하지만 때로 난처하기도 했는데, 마리아 칼라스의 〈람메르무어의 루치아〉의 '광란의 아리아' 같은 곡은 듣다 보면 어느 틈엔가 음악이 몸에 젖어든다. 〈이렇게도 긴 부재〉(1961년)라는 영화를 보면 기억을 잃고 다리 밑에 사는 남자가 오페라 〈세비야의 이발사〉의 유명한 아리아 '하늘은 미소 짓고'를 흥얼거리며 걸어가자 카페 테라스에서 그 모습을 지켜보던 남자가 "오페라는 평생의 것이니까"라고 중얼거리는 장면이 나온다. 기억을 잃었어도 아리아만은 잊지 않은 것이다. 그 느낌은 잘 알 수 있었다. 〈이렇게도 긴 부재〉는 나치의 비인간성을 그린 작품이지만 오페라의 아리아가 영화 속에서 매우 중요한 역할을 한다. 유럽 영화 가운데는 그러한 예가 많다. 앞서 소개한 〈독일 영년〉에서도 소년은 마지막에 교회에서 흘러나오는 노래를 듣는데, 그 곡은 플라타너스 나무 그늘에 대한 사랑을 노래한 헨델의 오페라 〈옴브라 마이 푸〉[31]였다.

그렇지만 영화에 대해서도, 음악에 대해서도 나의 지식이나 감성은 어느 하나 대단한 것이 없다. 세상에는 정말 대단하다고밖에 말할 수 없는 사람이 있어서 그런 사람을 만나면 나 자신이 뭐든 어중간하다는 것을 통감하게 된다.

독서에 대해서도 이야기해야겠는데 이 또한 어중간하다. 고등학교의 도서위원으로서, 도립 신주쿠고등학교의 도서위원과 교류한 적이 있다. 여름 방학 때 무엇을 읽었는가가 화제가 되었는데, 칸트의 3대 비판서[32]를 읽었다든가 『아쿠타가와 전집』을 세 번이나 완독했다는 이야기를 듣고는 전의를 상실하여 뭐라고 이야기했는지 전혀 생각이 나지 않는다. 혼란스러운 기억이기는 하지만 그래도 읽었던 책을 무작위로 한번 적어보겠다. 당시 고교생이라면 누구나 읽었던 로맹 롤랑의 『장 크리스토프』와 로제 마르탱 뒤 가르의 『티보가의 사람들』, 조금 특이하게는 미하일 숄로호프의 『고요한 돈강』, 니콜라이 오스트롭스키의 『강철은 어떻게 단련되었는가』(요즘도 누군가 읽고 있겠지만, 당시에는 이와나미문고에 들

---

31 이탈리아어로 '결코 그늘은 없었다'라는 뜻으로 이 곡은 '헨델의 라르고'라는 이름으로도 많이 알려져 있다.
32 칸트의 『순수이성비판』, 『실천이성비판』, 『판단력비판』을 말한다.

어가 있었다) 등도 읽었다. 도스토옙스키의 작품 중에는 『백
치』가 제일 좋았다. 톨스토이는 이것을 다이아몬드라고 했
다―미시킨 후작은 작은 다이아몬드 원석 같은 사람이었
다. 그 밖에 찰스 디킨스의 『데이비드 코퍼필드』 등 읽었던
것들을 돌아보면, 장편이라고 해서 그다지 고생스럽지는 않
았다.

　나의 독서에는 한 가지 경향이 있었던 것 같다. 스스로는
잘 몰랐지만 굳이 말하자면 교양소설적이고, 그다지 문학적
이지도 철학적이지도 않았다. 그렇다고 해서 내면의 성장에
도움을 얻으려 했던 것은 아니고, 타인의 인생을 들여다보
는 것을 좋아했다고 할까. '독서'라는 행위 자체에 대해서는
그다지 이야기할 것이 없다. 오히려 다카노 후미코의 만화
『노란 책-자크 티보라는 이름의 친구』(2003년 데쓰카 오사무
문화상 대상 수상작)가 그 시대의 독서가 어떠한 것이었는가
를 잘 전해주고 있다. 취업을 준비하는 시골(분명 니가타일 것
이다)의 여자 고등학생이 『티보가의 사람들』을 학교 도서관
에서 빌려와 책을 펼쳤더니 자크라는 청년이 "극동의 사람
들이여"라고 호소하며 등장한다. 이렇게 두 사람은 내면의
대화를 시작하고, 자크는 이 학생의 일상에 종종 소환된다.

조금 특이한 책으로『타임머신』의 작가 H. G. 웰스의『세계 문화사-인류와 생활의 평이한 이야기로서』는 눈물이 날 정도로 재미있었다. 내가 읽은 것은 신초문고판이었는데, 웰스의 저작 중에는 패전 전에 기타가와 사부로가 번역한 다이카이카쿠판『세계 문화사 대계』라는 전집도 있었다. 이 책의 번역가인 기타가와는 도쿄고등학교의 생물학 교사였고, 쇼지 호수 주변에서 연인과 자살을 했는데 논픽션 작가인 이나가키 마미가 그 전말을『그 전야에, 울창한 숲속에서 죽다』(아사히신문사, 1981년)에 썼다. 저자는 집필 동기에 대해 "나는 아마도 기타가와가 번역한『세계 문화사 대계』의 일본 내 최연소 독자일 테고 이 책은 초등학생, 중학생 시절의 애독서였다"라고 했다. 또한 한 살 때부터『세계 문화사 대계』의 삽화를 즐겼다고 하는데, 그 말은 믿을 수 있다. 고생물이나 원시인으로 시작하는 삽화는 무척 재미있었기 때문에 갓난아이라도 이끌렸을 것이다. 내가 역사를 파악하는 방식을 두고 지리적·공간적이라고 하는 이들이 많은데 이 책은 삽화뿐 아니라 지도와 연표도 매우 잘 만들어져 있었다.

그리고 보니 집에는 한랭사寒冷紗[33]로 뒤를 댄 훌륭한 5만분의 1 지도가 대량으로 있었다. 거기에는 '구마가야 육군 비행학교'라는 도장이 찍혀 있었다. 패전과 함께 쓸모없어진 것을 아버지가 넘겨받은 것 같다. 형이 엄중하게 관리했는데, 때때로 몰래 들여다보면 구석에 육지가 아주 조금 있을 뿐 나머지는 전부 바다인 지도도 있어서 재미있게 즐길 수 있었다.

그 무렵 '마이니치 라이브러리'라는 시리즈가 출간되어 도서관 출납대 옆의 상당히 넓은 공간을 차지하고 있었다. 그 가운데 『인물 세계사-동양』이라는 책이 있었는데 책등에 있던 엮은이 니이다 노보루라는 묘한 이름이 마음에 걸렸다. 그가 중국 법제사法制史 연구의 태두임을 알게 된 것은 훨씬 더 이후의 일이다. 덧붙이자면 『인물 세계사-서양』의 엮은이는 무라카와 겐타로였다.

이 시리즈에는 색다르게 옆으로 펼치는 연표가 하나 있었는데 일본, 동양, 서양에 관한 내용이 옆으로 나란히 줄지어 있었다. 요즘에는 이런 식의 세계사 연표가 일반적이지

---

33 가는 실로 거칠게 평직으로 짜서 풀을 세게 먹인 직조물. 얇고 뻣뻣하기 때문에 장식, 조화, 커튼, 모기장 따위에 쓴다.

만, 당시로서는 희귀한 형태였다. 우연히 이 연표를 만든 사람이 과학사가 가나제키 요시노리 씨임을 알게 되었다. 그는 렌즈 전문가로서 일본군 기술 장교였기 때문에 저널리스트로서는 부적격하다고 여겨져 마이니치신문 기자 자리에서 쫓겨난 인물이다. 그 연표를 만든 건 바로 그 과학부 기자 시절의 일이었다고 한다. 그는 연표와 지도 만드는 것을 너무나 좋아하는 기인이었고, 매년 잡지 『미스즈』 12월호에 그해에 나온 지도를 비평하는 글을 실었다. 언제였던가, 소비에트 연방의 아틀라스 신판(1986년, 혹은 그보다 2년 전의 『아틀라스 SSSR』이었을까?)이 나오자 대사건이 되었고, 가나제키는 크게 흥분했다. 『소비에트 대백과사전』 제1판의 편집장 오토 시미트가 발트 독일인 출신의 저명한 지리학자이자 탐험가였듯이 소련에는 아주 뛰어난 지도 제작자가 있었다. 구소련의 군용 지도를 다룬 『더 레드 아틀라스』(원서는 시카고대학교, 일본어 번역본은 닛케이 내셔널 지오그래픽 출간)를 보더라도 알 수 있다. 지도도 읽는 방식에 따라 여러 가지를 이야기해준다는 사실을 알게 되었다. 가나제키 씨는 어떤 지도첩의 철한 부분을 보여주면서 이 감춰진 부분에는 난징과 할힌골[34]이 있다고 지적했다. 두 지역은 거의 같은 경도상에 있었다. 가나제키 씨의 지도 컬렉션은 그의 다른 장서와 함께 도요대학에 소장되어 있을 것이다.

이야기를 원점으로 돌려 고등학교 시절의 담임은 당시 막 부임한 국사 교사였고, 후에 문화인류학자로 활약한 야마구치 마사오였다. 그와 어느 파티에서 만났을 때 그 이야기를 했더니 "최초의 희생자로구만"이라고 했다. 야마구치 선생의 수업은 매우 인상적이었다. 『만요슈』[35]에 있는 유랴쿠 천황의 노래 "이 언덕에서 채소 따는 아이 집을 물으니 이름을 대는구나"를 예로 들면서 고대 일본인에게 이름을 대는 행위가 어떤 의미였는지 설명하는 식이었다. 그의 수업을 들으며 이런 것이 일본사인가라고 생각했다.

세계사는 '서양사'와 '동양사'로 나누어 서양사는 노련한 우노 코 선생, 동양사는 젊은 도다 미치오 선생이 담당했다. 도다 선생에게는 『크나큰 추억 ─ 우리의 도다 선생님』이라는 추도 문집이 있다. 거기 실린 연보를 보면, 도쿄대학 대학원생 시절 동양문화연구소에서 니이다 노보루 선생의 지

---

34 과거 몽골과 만주국의 국경 지대였던 할하강 유역.
35 8세기에 편찬된 일본에서 가장 오래된 가집歌集.

도를 받았다고 나와 있다. 제자들이 하나같이 이야기하는 것은 제갈공명부터 『니벨룽겐의 노래』까지 그의 수업에 감돌던 자유로운 공기이다. 나도 그 자유로운 공기를 마신 사람 가운데 하나이다. 후에 선생은 레이유카이靈友会[36]라는 새로운 종교 교단에서 세운 메이호학원의 교장이 되었다.

고등학교 교사 가운데 한문을 가르치던 곤도 게이고 선생도 빼놓을 수 없다. 야마자키 안사이[37] 학파의 정통을 이어받았다고 일컬어지는 견실한 인물로서 안사이학은 둘째로 치고 그 인격에 경도되어 흠모하는 학생이 많았다. 동급생인 요시하라 후미아키 군도 그중 한 사람으로 스승의 영향을 받아 중국철학으로 나아갔고, 그 결과 동양사로 진학한 나와 대학에서도 책상을 나란히 하는 사이가 되었다. 이치카와 야스시 교수의 『맹자집주』 강의를 들으러 교실에 들어가면, 제일 앞줄에 학생복을 입고 똑바로 앉아서 검은색과 붉은색 먹을 갈고 있는 그의 모습을 볼 수 있었다. 조금 고리타분하게 보였지만 요시하라 군은 송·명 유학 연구자

36 '법화계'의 신종교로 『법화경』을 종교적 근거로 삼으며 선조 공양을 중시한다.
37 17세기 일본의 성리학자.

가 되어 주오대학에서 교편을 잡았다.

1949년판 『소년아사히연감』을 마지막으로 야마나카 미네타로의 모험소설과 이별을 고할 무렵 중화인민공화국 건국, 한국전쟁 등 1950년대에 들어시면서 시대와 세계가 크게 움직였다. 모험소설에 나오는 것처럼 일본인이 아시아의 영웅인 것은 전혀 아니라는 사실도 그 무렵에는 이미 충분히 알게 되었다.

도쿄의과치과대학의 교양부장을 지낸 사사키 다케시 씨는 나와 나이가 같다. 그에게 『후지타 쇼조 저작집(3)-현대사 단장』의 해설을 부탁했는데, 그는 「1956년 헝가리 문제를 둘러싸고」라는 글에 대한 해설에서 "합중국의 사진 잡지 『라이프』의 별책 특집호 『자유를 위한 헝가리의 투쟁』에 실린 기록 사진 덕분에 지금도 (1956년의 헝가리혁명을) 생생하게 기억하고 있다"라고 썼다. 나는 원고를 받아들고는 사사키 씨에게 그 『라이프』 특집호를 가지고 있다고 자랑했다. 사사키 씨는 그것을 매우 귀중한 물건이라고 했는데, 그런 것 같다. 이 특집호는 늘 보던 『라이프』와는 사뭇 달랐다. 판형도 조금 작고, 종이도 고급이 아니고, 갱지에 매우 거친 흑백사진으로 인쇄되어 있었다. 사살된 순간의 비밀경찰을 저속 촬영으로 찍은 사진, 린치를 당해 살해된 인간에게 침을 뱉는 여성의 사진 등 인간이 품은 증오의 깊이에 전율하지 않을 수 없었다. 나는 사사키 씨처럼 사상적으로 조숙하지 못했고, 정치적으로 첨예하지도 않았지만 같은 시대의 공기만큼은 마셨다고 할 수 있을 것이다.

이 『라이프』 특집호와 관련해서는 수년 후에 한 번 더 놀라운 일이 생겼다. 나토리 요노스케 씨가 그 책에 대해 썼던 한 문장에서 시야가 확 트이는 느낌을 받았다. 이와나미 신서 『사진을 읽는 방법』(1963년)에 수록된 「편집 기술로 본 『자유를 위한 헝가리의 투쟁』」은 프로파간다 사진 잡지를 편집한 경험이 풍부한 나토리 씨다운 문장이었다. 이 사진에서 내가 받은 충격이 편집자에 의해 얼마나 교묘하게 계산된 결과인가가 아주 훌륭하게 분석되어 있었다. 텔레비전이 보급되기 전 시대, 이 특집호는 사진 시대의 정점이었다고 생각한다.

3장

병아리 오리엔탈리스트

"우리의 미래는 장밋빛이 아니다."

1960년 4월, 도쿄대학 교양학부 자치회 위원장 니시베 스스무는 국회의사당으로 출발하는 데모대를 향해 연설을 했다. 안보반대투쟁[38]이었다. '미래'라 불렸던 그 후의 시간은 분명 장밋빛이 아니었을지 모르나 결코 암흑도 아니었

---

38 미일안전보장조약의 개정에 반대하며 일본사회당, 일본공산당 등과 학생, 노동자가 함께 벌인 시위운동.

다. 보석으로 풀려난 니시베의 모습을 다시 캠퍼스에서 본 것은 가을에 열리는 고마바사이駒場祭[39]에서였다.

이 시기 학생운동의 경험에서 내가 얻은 교훈은 나는 권력에도, 폭력에도 매우 약하다는 점이었다. 목에 달라붙는 경관의 흰 장갑, 내리치는 경찰봉과 함께 이리저리 튀는 피. 무서웠다. 견디기 힘들었다. 그렇다면 한순간의 용감함이 없는 사람은 어떻게 저항을 지속할 것인가. 저항하는 이들은 물론 굴복한 사람들에게도 강한 관심을 갖게 되었다. 바로 나 자신이 그런 사람이었기 때문이다.

그 무렵 신입생인 나는 '교양'을 몸에 익히려고 상당히 분주하게 움직였다. 특별히 배우고 싶은 주제가 없었기 때문에 유명한 교수의 수업을 닥치는 대로 청강하기로 했다. 세계사 참고서의 필자 히데무라 긴지의 '그리스로마 사조', 이시다 에이치로의 '문화인류학', 다카쓰 하루시게의 '언어학', 호리고메 요조의 '사학 개론', 야마자키 마사카즈의 '철학 개론', 요시카와 이쓰지의 '미술사' 같은 과목들이었다.

---

39 도쿄대학 교양학부가 있는 고마바캠퍼스에서 매년 11월에 개최되는 문화 축제.

야마자키 마사카즈는 첫 수업에서 자신이 절의 아이로 태어났다는 이야기를 했는데, 그것이 철학과 어떻게 결부되는지 철학 개론의 내용은 기억나지 않는다. 다만 후에 구시다 마고이치와의 공저 『악마와 배신자 ─ 루소와 흄』을 발견하고 그가 좋은 철학자라는 것을 알았다. 호리고메 요조의 수업에서는 『브리태니커 백과사전』의 '역사' 항목을 읽었다. 이시다 에이치로와 관련해서는 그가 '남성 기호 ♂는 방패와 창, 여성 기호 우는 손거울'이라고 했던 것밖에 기억나지 않는다. 그의 저서 『갓포코마히키코』가 명저인지 아닌지 알 수 없을 정도로 유치한 수업이었다. 요시카와 이쓰지는 슬라이드를 사용해 인상파와 큐비즘을 비교하면서 감각과 이성에 대해 이야기했다고 기억한다. 다카쓰 하루시게는 인도유럽어라는 언어에 대해 이야기했다. 자연과학을 가르친 교수의 이름은 생각나지 않지만 '사영기하학射影幾何學'[40]이라는 수학 강의를 들었다. 유클리드기하학과의 관련성에 대한 이야기였다. 편집자가 되어 앨프리드 노스 화이

---

40 중세 화가들이 공간에 있는 대상을 화폭에 나타내기 위해 개발한 원근법에서 발전한 기하학.

트헤드의 책을 만들 때 사영기하학이라는 말이 나와서 '아, 이거였구나!'라고 생각했을 정도로만 이해하고 있다. 어학 텍스트로는 우선 영어는 조지 오웰의 『카탈로니아 찬가』를 읽었다. 스페인 내전을 그린 이 책의 번역본은 1966년에 겐다이시초샤에서 간행되어 젊은 독자들에게 널리 읽혔는데, 그 움직임을 미리 감지한 것 같은 수업이었다. 인민정부 측이 패하고 마드리드가 함락되는 순간을 찍은 프레데리크 로시프의 다큐멘터리 〈마드리드에서 죽다〉(1963년)를 보았던 것은 이 책에 끌렸기 때문인지도 모른다. 젊은 국제 의용군 병사들의 웃는 얼굴은 그들의 이후 운명을 알고 있기에 더욱 눈부셨다. 로시프는 〈바르샤바의 게토〉(1961년)도 찍었는데, 나는 이 영화도 보았다. 아마도 아테네 프랑세Athénée Français[41]에서 상영했을 것이다. 로시프가 죽었을 때(1990년 4월 18일) 『르 몽드』 1면에 조사弔詞가 게재되었다.

독일어 텍스트로는 한스 에리히 노사크를 읽은 것으로 기억하는데, 나중에 그의 단편소설집을 보아도 수업 시간에 읽은 기억이 있는 소설은 찾을 수 없었다. 줄거리는 이렇다.

41 도쿄에 있는 프랑스어 학원.

제1차 세계대전이 끝난 뒤 스위스에서 일어난 사건. 작가가 카페의 웨이트리스에게 무언가 비밀이 있다고 느낀다. 이윽고 그 비밀이 밝혀지는데, 그 여성이 발트 삼국 출신이고 무국적이었다는 것이었다. 그것이 왜 비밀이었을까? 독일어를 잘 읽지 못하는 것과 관계없이 그 부분은 명료하게 알 수 없었다. 그 의문을 나중에까지 계속 품고 있었다. 한나 아렌트가 말한 무국적의 문제, 국민국가에서 무국적, 무권리 상태로 처박히는 것이 얼마나 잔혹한 일인가를 알게 되기까지 그러한 의문이 계속되었다.

마침 그 무렵에 아버지가 에어프랑스 취항 10주년을 기념하는 유럽 여행에서 돌아와 선물로 카메라를 한 대 주셨다. 미녹스라는 이름의 이 카메라는 전 세계 스파이들이 애용하는 크기가 작고 접사가 뛰어난 고성능 카메라였다. 게다가 무척이나 아름다워서 발트 삼국 중 하나인 라트비아의 보석이라고 불렸다. 누가 미녹스를 만들었던가? 발명자라 일컬어지는 두 사람 가운데 한 사람은 라트비아를 탈출할 때 죽고, 또 한 사람[42]은 수년 전 스위스에서 죽었다. 그 수

42 라트비아 출신의 발터 자프를 말한다.

수께끼를 따라가다 보면 히틀러와 스탈린 사이에서 농락당한 이 나라의 운명에 현대사의 비밀 하나가 숨겨져 있다는 사실과 앞서 이야기한 독일어 단편소설의 어렴풋한 기억이 맞물려 눈앞으로 다가온다.

편집자에게 필요한 것은 '모든 것에 대해 무엇인가를 알고 있는 것, 무엇인가에 대해서는 그 전체를 알고 있는 것'이라는 말을 들은 적이 있다. 교양학부의 교육은 리버럴 아트liberal art(기초 교양)의 이상과는 거리가 멀고 쓸모도 없어 보였지만, 전문 영역으로 가기에 앞서 이루어진 이 교육은 미래의 편집자를 위해서는 도움이 되었던 것 같다. 어렴풋하게나마 나 자신에게 문화 지도 같은 것이 형성되고 있었고, 나는 그것에 의지하여 마음 내키는 대로 여행을 계속해 나갔다.

그 무렵에 나는 이미 교양학부를 마치고, 문학부 동양사학과로 진학하기로 결정했다. 동양사학과에 들어가 에노키 가즈오 교수(중앙아시아사)의 첫 수업이 끝나고, 다음 시간에는 '동양문고東洋文庫'를 견학할 것이라는 통고를 받았다. 동양문고는 베이징에 거주하던 저널리스트 조지 모리슨의 장서 2만 4000권을 미쓰비시 재벌의 이와사키 히사야가 구입해 설립한 세계 굴지의 아시아학 전문 도서관이자 연구소이다. 서아시아에서 동아시아에 이르는 귀중한 문헌을 눈앞에 두고 교수는 "여러분은 장래에 이 문헌을 사용하여 연구하는 학자가 되시오"라고 격려해주었다. 그러나 노력이 부족했던 것일까, 학력이 부족했던 탓일까. 아니면 관심의 폭이 너무 넓었던 것일까. 나는 편집자가 되었다.

동양사학과로 진학한 동기는 일곱 명이다. 동양사학과에 들어가 야마모토 다쓰로 교수(동남아시아사)에게서 "도다(미치오) 군의 제자인가?"라는 말을 들었다. 스승의 이름을 욕되게 하지 않는 제자였기를 바란다.

동기 중에 스즈키 히로시 군이 있었다. 그는 도립 료코쿠 고등학교 출신으로 만난 그날 이후로 줄곧 오랜 교제를 이어왔다. 야마노테山の手[43]의 도련님인 내 눈에는 그가 정말 어른으로 보였다. 요시하라의 출입문인 미카에리야나기見返り柳[44] 근처 니혼즈쓰미에 있던 그의 집에 가본 적이 있다.

---

43 일반적으로는 고지대를 가리키는 말이지만, 에도 시대의 도쿄에서는 에도성 서쪽의 고지대에 막부의 관리들이 살고 있었기에 서민이 살았던 시타마치下町와 구별하여 지위가 높은 사람들이 살았던 곳을 가리킨다.

이웃에는 회수한 빈 병을 선별하는 마치코바町工場[45]가 있어서인지 끊임없이 유리병 부딪치는 소리가 났다. 가마쿠라의 자이모쿠자 해변의 파도 소리와는 많이 달랐다. 그의 졸업 논문은 중국공산당 창립 멤버 중 한 사람인 천두슈에 대한 것이었다. 졸업 후에는『리더스 다이제스트』의 노조위원장을 역임하고, 문화대혁명 이후의 중국으로 건너가 베이징의 방송국에서 일하기도 했다. 그때 그가 받은 급여가 인도이상, 아프리카 이하였다는 등 재미있는 이야기가 많았지만 중국과의 약속 때문에 글로 남기지는 못했다. 파란 넘치는 인생이었다. 내가 번역한 것으로 되어 있는, 톈안먼 사건의 리더로 미국에 망명한 왕단의『중화인민공화국사 15강』(지쿠마가쿠게이문고, 2014년)은 그의 초벌 번역이 없었다면 완성되지 못했을 것이다. 이 책은 존경하는 벗이자 타이완 렌징 출판사의 발행인인 린짜이줴 씨가 출판한 것을 수입하여 톈안먼 사건이 일어난 지 25년째 되는 해에 출간했다. 이것이

---

44 유곽 입구에 서 있던 버드나무를 가리키는 말로, 유곽에서 놀던 남자가 돌아오는 길에 버드나무 근처에서 아쉬움을 품고 뒤를 돌아본 데서 이름이 붙었다고 한다.

45 동네의 작은 공장.

스즈키 군과 나의 마지막 작업이었다.

스즈키 군에게 가장 감사하게 생각하는 일은 인류학자 왕쑹싱 선생을 만날 계기를 만들어준 것이다. 어느 날 그가 혼고캠퍼스에서 전단지를 한 장 들고 왔다.

'중국어 가르쳐드립니다.'

우리는 교육학부 건물 4층에 있던 문화인류학 연구실로 타이완에서 온 유학생을 만나러 갔다. 그것이 왕쑹싱 선생과의 첫 만남이었다. 그렇게 시작해 운동장 옆 풀밭에서 꾸준히 하던 중국어 수업이 지금도 매우 그립다. 대학을 졸업하고 20년 이상이 지나 문득 둘이서 한번 만나볼까 하던 참에 간다 지역의 우치야마서점에서 『타이완 원주민 연구』 창간호(후쿄샤, 1996년 5월)를 손에 들고 충격을 먹었다. 왕 선생의 추도 특집이 실려 있었다. 향년 60세. 왕 선생은 마지막에는 일본 국적을 취득하여 여권에 성이 'O(오)'라고 기재되었고,「나는 도대체 누구인가」라는 에세이를 썼다.

스즈키 군에게 하나 더 감사하게 생각하는 것은 스탈린의 언어학 논문이 재미있다고 추천해준 일이다. 스탈린이라는 인물에 관심을 가지고 들여다보니 그의 민족 정책이 매우 흥미로워서 미숙하게나마 국가, 민족, 언어 문제를 공부하게 되었다. 거기서 출발하여 '위만주국僞滿洲國'에 대해서도 흥미롭게 들여다보았다. 그러다 와세다대학교의 안도 히코타로 교수가 주재하는 만철사연구회에도 얼굴을 내밀게 되었다. 그 멤버 중 한 명인 야마다 고이치 씨는 『만주국의 아편 전매-「우리 만몽의 특수 권익」의 연구』(규코서원, 2004년)라는 대작을 저술했다.

스즈키 군의 권유로 아르바이트를 하러 갔던 경제산업성(통산성)의 외곽 조직 일본공업입지센터에서는 아오키 마사히코나 니시베 스스무 아래에서 일을 했다. 이곳은 전국총합개발계획(전총)과 신산업도시건설촉진법에 기초하여 공업 기지 건설을 추진하기 위한 조직이었다. 공업 기지로 원료를 수송하는 일, 이를 위한 도로 정비에 필요한 수치를 계산하는 일 등등이 매일의 업무였다. 고도 경제성장 시대가 막을 열려던 참이었다.

대학 수업에서는 야마모토 다쓰로 선생이 당시 막 발견된 정화鄭和의 대항해를 기록한 『서양번국지』를 그 발견자인 중국 역사학자 샹다의 교주본을 텍스트로 삼아 가르쳐주셨다. 에노키 가즈오 선생은 어땠을까? 에노키 선생님은 당시에 막 나왔던 왕중민의 『둔황유서총목색인』(베이징중화서국,

1962년)과 관련하여 세계 각지에 소장되어 있던 둔황 문서를 마이크로필름으로 만드는 일을 자신이 추진하였고, 그 글로벌 컬렉션을 동양문고에 가져왔다는 이야기를 하셨던 것으로 기억한다. 그 이야기를 하던 중에 외국의 도서관에서 왕중민과 마주칠 때면 그가 어딘가 우대를 받는 것 같다고 투덜거렸다. 에노키 선생은 대단한 애국자였다. 서역학자였던 샹다도, 둔황학자이자 목록학자였던 왕중민도 역사학계의 5대 우파 대열로 분류되어 문화대혁명 시기 비명에 죽었다는 사실을 나중에 알았다. 판본의 권위자였던 왕중민은 4인방이 떠받들던, 위서僞書가 분명했던 이탁오의 『사강평요』가 위서라는 말도 못하고 아니라는 말도 못한 채 결국 죽음을 선택했다. 돌아보면 중국의 학문이 빛났던 시기를 일본의 학생으로서 중국의 학자와 함께 살았구나 하는 생각이 든다.

인도사의 아라 마쓰오 선생은 인도의 이슬람 성묘聖廟에 대해 강의했고, 스도 요시유키 선생은 송나라 시대의 토지 제도, 모리 마사오 선생은 고대 투르크족의 국가인 돌궐의 국가 구조, 중국 고대사 전공인 니시지마 사다오 선생은 책봉체제론 등에 대해 각각 자신 있는 논의를 전개했다. 외부에서는 조선사 연구자 스에마쓰 야스카즈 선생이 가쿠슈인

대학에서 오셔서 신라의 골품제도를 강의했고, 다나카 마사토시 선생이 요코하마시립대학에서 오셔서 (구체적인 주제는 잊었지만) 중국 근대의 사회 경제사를 강의했다. 대단히 화려한 멤버로 구성된, 그야말로 호화로운 메뉴였다.

그중에서도 스도 요시유키 선생에게서 학자의 자세를 보았다. 2010년에 도쿄대학 문학부 동양사학과 창립 100주년 기념행사에서 이슬람 연구자인 사토 쓰기다카 씨가, 스도 선생의 수업을 통해 문서 하나에서 얼마나 많은 것을 읽어낼 수 있는가를 훈련했던 것이 결국 자신의 이슬람학이 세계에서 인정받는 계기가 되었다는 이야기를 했다. 당시에는 노예제인가, 봉건제인가 같은 '중국사의 시대 구분론'이 유행하던 때였고, 문서 하나에서 그 증거를 찾으려 했다. 어느 날 모리 마사오 선생님이 "노예 매매 문서인 줄 알았더니 소매매 문서였어요"라고 멋쩍게 이야기했던 것이 기억난다.

한편 나 자신의 관심을 이야기한다면, 니시지마 선생의 고대 동아시아 질서와는 다른 형태로 중국 고대로 향해 있었다. 특히 궈모뤄, 원이둬에 끌렸다. 궈모뤄는 새로 발굴된 자료인 갑골문, 은주 시대 청동기 명문 연구를 통해 경전에 있는 고대 사상을 전부 새롭게 그렸다. 미국에 유학한 원이

뒤는 문헌민속학이라고도 할 수 있는 분야를 개척하였고, 고전의 새로운 의미를 잇달아 발견했다. 궈모뤄는 문화대혁명의 한복판에서 마오쩌둥을 예찬하는 시를 썼고 원이뒤는 혁명 전 흉탄에 쓰러졌지만(1946년), 두 사람 모두 시인이었다. 그들 학문의 근저에는 시론Ars Poetica이 있다고 느껴졌고, 둘 다 천재라는 생각이 들어 이끌렸던 것 같다. 한때 나는 궈모뤄 책의 판본에 집착했다. 그의 고대사 연구는 일본 망명 생활 중에 시작되었고, 중국 도서 전문 서점인 분큐도의 다나카 게이타로의 지원으로 몇 권짜리 훌륭한 선장본線裝本(와토지본和綴じ本)[46]으로 발표되었다. 그러나 내가 구하려고 애쓴 것은 베이징의 과학출판사에서 간행된 선장본이었다. 그것이 분큐도판보다 본문 종이나 표지 모두 미묘하게 보들보들했다. 궈모뤄는 중화인민공화국에서 권력의 중추에 있었으니 그의 저서 역시 최고의 제작 사양으로 간행되었던 것이 분명하다. 페이지를 넘기는 것만으로도 권력의 편안함을 느낄 수 있었다.

프랑스의 중국학sinologie에도 관심을 가졌다. 무슨 발표

---

46 책등 부분을 끈으로 튼튼하게 묶어 만든 책.

였는지 주제는 생각나지 않지만, 마르셀 그라네의 논문「중국의 오른쪽과 왼쪽」을 입수하여 번역을 해보려고 애를 썼다. 그러나 프랑스어 학원의 초급 과정을 수료한 정도로는 벅찬 작업이었고, 대부분은 '구글 번역' 상태로 웃음거리가 되었을 뿐이다(지금은 호유서점에서 간행한 다니다 다카유키의 번역본이 있다). 2001년에 프랑스의 사회인류학자 로베르 에르츠의『오른손의 우월성』이 지쿠마학예문고에서 나왔다. 사람들이 이야기를 많이 해서 해설을 읽어보았더니 그라네의 논문은 이 책에 자극을 받아서 쓴 것이라고 기록되어 있었다. 그라네의 논문 영어 번역본이 나온 것은 1973년이라고 쓰여 있기에 황급히 1930년대에 나온 프랑스어 원문을 찾아보았지만 찾지 못했다. 나는 대학 시절에 그것을 어디에서 입수한 것일까? 기억은 불확실하고 증거도 없지만 향하고자 했던 방향은 올바른 것이었다고 스스로를 위로했다. 미스즈에 들어가서도 그라네의 저작을 출판하기 위해 그라네로 졸업 논문을 쓴 가쿠슈인대학의 다카다 준 교수를 찾아가 여러 가지를 획책했다. 그 이야기는 다카다 교수의 회고록『기우테이자쓰분』에 기록되어 있는 그대로이다.

고대사에 관심은 있었지만 중국 고대사학자들의 연구를

읽다 보면 무엇보다 고전에 대한 지식에 압도당하고 말았다. 그러다 보니 졸업 논문의 주제를 고르는 일이 쉽지 않았다. 이런 상태라면 이전부터 관심이 있었던 현대사로 갈 수밖에 없겠다는 걱정이 앞섰다. 너무나도 미숙한 역량에 비해 주제만은 굉장한 것이었기에 졸업 논문에 대해서는 지금까지 입을 굳게 다물어왔다. 그러나 이렇게 회고를 하고 있으니 이제 더 이상 피해 갈 수 없다. 게다가 그 주제를 선택한 필연성 같은 것도 결국 그때까지의 성장 과정 안에 있었기에 더욱 그렇다.

제목은 「만주의 조선인 공산주의자 1919~1935」였다. 지금도 미묘한 문제이다. 다만 이 논문에는 큰 한계가 있다. 일본 측 관헌의 문헌 자료로만 쓰인 것이다. 구체적으로는 방위청전사실(당시의 호칭), 외교사료관, 동양문고 근대중국연구실 등을 방문해 볼 수 있는 한도 내의 자료를 훑어보면서 골라내는 작업을 했다. '일본 측 관헌 자료로 본'이라고 제목을 한정한다면, 그 시점에서는 다소나마 읽을거리가 있는지도 모르겠다. 외교사료관에서 일하는 선배 가와무라 가즈오 씨를 찾아가 그가 직접 수집해서 만들었을 두꺼운 등사 인쇄본 『간도문제자료』(외무성문서)를 받고는 감격했다.

전사실에 앉아 참모본부가 편집한 『시베리아 출병사』를 매일 읽고 있으니 전사실의 스태프가 무엇을 찾고 있느냐고 물었다. 그래서 '신한촌New Korean Village'에 관한 글을 찾는다고 하자, 그가 그에 관한 기술이 있느냐고 되물었다. 실은 상당히 있다.

논문은 크게 3부로 구성했다. 제1부는 1919~24년의 전사, 제2부는 1925~30년의 조선공산당 만주총국 시대, 제3부는 1930~35년의 중국공산당 만주성위원회 시대에 초점을 맞추었다. 어떤 문제에 관심을 두고 있는지는 드러난다 해도 이론적 틀이라고는 '인터내셔널리즘과 내셔널리즘의 상극' 정도였고 내용은 정말이지 보잘것없었다. 그 후 나는 자료적으로나 방법론적으로나 결함이 많은 이 논문에 대해 언급하는 것을 피해왔다.

이 논문을 쓰게 된 직접적인 동기는 만주국 군정부 고문부에서 엮은 『만주 공산비共産匪 연구』(1937년)를 만난 일이다. 지금에야 복각판도 있어서 귀하지 않지만, 이 책을 처음 보았을 때는 우선 엄청난 분량에 경탄했고, 이런 책이 만들어졌다는 것에도 크게 놀랐다. 하나의 자료를 발견해 한 편의 논문을 완성하는 것은 자주 있는 일이지만, 나의 논문 또

한 하나의 사례가 될 것이다. 나만의 독특한 점이라면 아마 자료를 잘라내는 방식 정도가 아니었나 싶다.

이 논문을 다 쓴 것은 20세기 역사를 보는 눈을 기르는 데 다소 도움이 되었다. 시야가 확장되어 동유럽, 중앙아시아에까지 주목하게 되었다. 덧붙일 이야기는 이 지역들에 대한 지식은 간다의 도쿄도서점 2층 양서洋書 매장에서 축적되었다는 것이다. 그곳에는 이디시어로 글을 쓰는 작가 아이작 싱어나 조지아의 시인 파질 이스칸데르의 작품 등 영어 문헌이 잘 갖춰져 있었다. 『예브게니 오네긴』의 영어 번역본을 만난 곳도 여기였다. 본문 번역의 세 배 정도는 될 법한 주석, 때로는 주석 하나가 10쪽이나 되는 터무니없는 이상함에 크게 놀랐다. 이에 대해 나보코프의 오랜 친구 에드먼드 윌슨은 「푸시킨과 나보코프의 기묘한 사례」를 통해 비판했는데, 이 글은 미스즈서방에서 출간된 『에드먼드 윌슨 비평집』 제2권에서 읽을 수 있다. 이 글도 비평치고는 상당히 길다. 그렇게 물건이 제대로 갖춰진 것은 양서 코너의 주임이었던 분이 노력한 결과였다는 사실을 어딘가에서 읽었다. 나는 타고난 부끄럼쟁이였던 까닭에 말도 걸어보지 못했지만, 약간 살집이 있던 그분의 모습은 지금도 눈에 선하다. 이디시 노래의 왕이라 불렸던 레오 폴드나 유대계 가수라면 누구나 부르는 노래〈나의 이디시 엄마My Yiddishe Momme〉를 알게 된 것은 이 무렵에 깊이 파고든 덕분이다.

앞질러 가던 이야기를 다시 원점으로 되돌려보면 신기하게도 야마모토 다쓰로 교수가 내 논문을『사학잡지』에 투고해도 좋을 거라고 말씀해주셨다. 독특한 관점을 인정한 것인지도 모르겠지만, 당시 나는 전혀 자신도 없었거니와 그 논문에 볼 만한 부분이 없다고 생각했다. 조선사 연구자 가지무라 히데키 씨도 내 시도를 알고는 조선사를 함께 공부하지 않겠느냐고 권유했다. 성실한 가지무라 씨에게는 죄송한 일이었지만, 내가 하고자 했던 것은 조선사와 관계는 있으나 조선사에도 중국사에도 속하지 않는 영역이라는 점, 그리고 내게는 전문가가 될 만한 능력이 없다는 점을 설명하고 최종적으로 거절했다. 그 이야기를 나눈 곳이 어딘가 작은 지하철역이었던 것으로 기억하는데, 작별 인사를 하고 플랫폼으로 향하는 나를 개찰구 밖에서 배웅하던 가지무라 씨의 쓸쓸한 눈을 잊을 수 없다.

막연하기는 했지만, 내 힘으로 할 수 없는 일을 편집자가 되어 실현하고자 했다.

4장

오비 도시토와의 만남

미스즈서방의 편집자 오비 도시토의 이름을 처음 알게 된
것은 1962년 미스즈서방이 간행하기 시작한 『현대사 자료』
(전 45권)의 제1권 『조르게 사건』[47]의 해설을 맡았을 때이다.
내 졸업 논문의 주제 '인터내셔널리즘과 내셔널리즘의 상
극'만 보더라도 내가 이 소비에트 연방 적군赤軍의 스파이 사

---

47 1941년 제2차 세계대전 중에 일본에서 활약하며 소련에 군사 기밀 등을
   제공한 스파이 리하르트 조르게 사건.

건을 다룬 자료에 얼마나 흥분했을지 상상할 수 있으리라.

1965년 미스즈서방이 처음으로 사원 공채를 시작했을 때 내가 수많은 응시자 가운데 채용된 것은 앞서 이야기한 만철사연구회에 소속되었던 것을 출판사에서 기특하게 생각했기 때문이 아닐까? 입사한 후 바로 『현대사 자료(31), (32)-만철』의 담당자로 임명되었기 때문이다. 이해는 미스즈서방 창립 20주년이라 기념으로 신입사원인 나까지 포함한 전 사원이 조각가 다카다 히로아쓰의 작품인 로맹 롤랑의 브론즈상과 소니의 소형 흑백텔레비전을 선물로 받았다. 당시 사원은 스물다섯 명 정도였는데 그중 반 이상이 편집자였다.

입사한 지 얼마 되지 않았을 때 오비 씨에게서 책을 한 권 받았고, 매일 업무 시작 전에 함께 읽기로 했다. 스탠리 언윈의 『출판 개론-출판업에 대한 진실』이라는 책이었다. 언윈은 톨킨의 『반지의 제왕』을 출판한 사람이다. 『출판 개론』의 1장이 「원고의 도착」이었던 것만 기억하고 있다. 원고가 도착하면 우선 원고의 머리에 저자의 주소와 이름을 쓰라, 가능하면 맨 끝에도 쓰라는 것이었다. 너무나 원칙적이고 실제적인 책이었다. 영국인다운 유머도 군데군데 있었다. 이것은 다른 책에서 한 말인지도 모르겠는데 "때로 다른 사람이 선택한 여성에게 놀라기도 하지만, 다른 사람이 선택한 책에도 놀란다"라고 말한 사람도 바로 그였다.

그 이듬해인가, 다음다음 해인가 대졸 신입사원이 입사하고 사원 교육을 위한 교과서로 마셜 매클루언의 『미디어는 마사지다The Medium is the Massage』의 영문 원서가 채택되었다. 마사지를 보고 혹시 '메시지Message'의 오기가 아닐까 생각할 것이다. 미디어가 신체성을 가졌다는 의미에서 매클루언은 오자를 그대로 제목으로 정해버렸다.[48] 이미지와 문자의 조합을 여러 가지로 궁리한 독특한 책이었다. 복사기가막 보급되기 시작하던 시대에 매클루언은 이 책에서 "복사기—보통 사람에 의한 아이디어 도용—는 즉시 출판이 가능한 시대를 예고하는 물건이다. 지금은 누구나 저작자 겸 발행인이 될 수 있다"라고 했다. '카피 앤드 페이스트Copy and Paste' 시대의 도래를 예언한 것처럼 보인다. 당시에는 그 의미를 전혀 알 수 없었지만, 시대는 그가 말한 그대로 되었다.

---

48 본래는 'Message'였으나 타자기의 오류로 'Massage'라고 잘못 타이핑된 것을 매클루언이 그냥 두라고 해서 지금의 제목이 되었다는 일화가 전한다.

이 두 권을 교과서로 선택한 것이 오비 씨의 대단한 면이라고 생각한다. 오비 씨가 좋아했던 말 중에 '페스티나 렌테 festina lente'라는 라틴어가 있다. 번역하면 '천천히 서둘러라'라는 의미인데, 르네상스 시대의 걸출한 인쇄·출판업자였던 알두스 마누티우스는 '닻과 돌고래'를 로고로 하여 그 뜻을 표현했다. 닻은 태연자약, 돌고래는 민첩함을 상징한다. 언원은 닻이, 매클루언은 돌고래가 있는 곳이 출판의 핵심이라고 말하고자 했던 것일까?

미스즈에 입사하여 출간된 책들의 원서가 연대순으로 꽂혀 있는 책장을 보면서 깨달은 게 있다. 1950년대 전반, 지금은 믿을 수 없을 정도로 마르크스주의가 전성기를 구가하던 시절 영국 사회주의가 걸었던 노선이 미스즈가 출간한 책들에 있었다. 예를 들어 시드니 웹의 『소비에트 코뮤니즘』, 해럴드 래스키의 『미국의 민주주의』, 『유럽 자유주의의 발생』 등이 있었다. 넓은 의미에서 보면 존 데즈먼드 버널의 『역사 속의 과학』, 버트런드 러셀의 『러셀 서양철학사』까지 포함해도 좋을 것이다. 칸트, 헤겔이 성행하던 일본에서 러셀이 영국 경험론의 관점에서 서술한 철학사가 웬일인지 잘 팔렸다. 『세계 문화사』의 H. G. 웰스도 페이비언협회Fabian Society[49]에 가까이 간 적이 있는 데다가 어딘지 비슷한 공기가 흘러서 이 책들의 분위기는 내게 익숙하게 느껴졌다. 젊은 시절의 나는 성격도 그다지 시원시원하지 않았고 미적지근한 교양파로 여겨졌는데, 바로 그대로였다. 오비 씨에게 저 출간 목록은 마르크스주의에 의식적으로 대항한 것이냐고 묻자 그는 "공산당원이 싫어서"라고 대답했다. 오비 씨는 이른바 휴머니스트도 싫어했고 "자신 이외에는 비非휴먼이라고 생각한다"라는 말과 함께 누군가의 이름을 거론하면서 괴로웠던 경험을 추억하듯이 얘기했다.

그 외에도 창립한 지 얼마 되지 않았던 시기에 가톨릭 신자인 요시미쓰 요시히코의 저작집을 간행한 것에 대해 물었더니 "뭘 말하는지 모르겠지만 그의 말에는 취하게 하는 무엇이 있다"라고 했다. 아마 패전 직후에, 혹은 '귀축미영鬼畜米英'[50]이라고 소리치던 전시 중에 요시미쓰의 언어 우주에 매료되었을 것이다. 오비 씨는 또한 독일의 법철학자 구스타프 라드브루흐의 『사회주의의 문화 이론』에 대해서는 "거

49 1884년 영국에서 결성된 사회주의 단체로 점진적인 사회주의의 실현을 목표로 했다.
50 귀신과 짐승 같은 미국과 영국이라는 뜻.

기에는 고독의 권리에 대해 쓰여 있다"라고 했다.

출판 기획은 편집 회의에서 결정된다. 이는 출판사의 일반적 원칙이다. 입사해서 첫 편집 회의에서 기묘한 경험을 했다. 미스즈서방의 대형 스테디셀러 가운데 가미야 미에코의 『삶의 보람에 대하여』라는 책이 있다. 정신과 의사로서 나가시마 아이세이엔 요양원에서 한센병 환자와 살면서 행한 인간에 대한 고찰이다. 이 원고를 채택할 것인가를 두고 오랫동안 논의를 했다. 나는 기묘한 제목이라고 생각하며 그냥 듣고만 있었다. 쉽사리 결정이 나지 않자 아이다 요시오 영업부장이 "3분의 1 정도 분량이면 좋겠는데"라는 야만스러운 한마디를 던졌다. 그렇게 해서 이 오랜 스테디셀러가 빛을 보게 되었다. 책은 내용도 중요하지만 또한 물건이기도 하다.

오비 씨는 편집 회의에 대해서는 부정적인 견해를 가지고 있었다. 그런 회의에서는 보통 평균치의 이야기가 나와서 재미도 무엇도 없다는 것이다. 그가 편집 회의의 존재 의의로 든 것은 원고를 거절할 때 편집 회의를 통과하지 못했다고 하면 구실이 된다는 것 정도였다. 그는 편집 회의라는 민주주의보다 단연코 편집장의 독재를 옹호하는 사람이었고, 실제로 일도 그렇게 했다.

오비 씨의 저서를 읽어보면 그는 대단한 이상주의자이다. 그렇기도 하지만 실제로는 상당한 현실주의자이기도 하다. 출판 현장에 있는 사람이기 때문에 당연한 일일 것이다. 언젠가『문예춘추』와『세계』중 한 곳의 광고를 중단한다는 이야기가 나왔는데, 어디를 중단할 것이냐는 질문에 내가 머뭇거리자 그가『세계』라고 말했다.『문예춘추』같은 잡지에 광고가 있으면 독자는 나중에 우리 출판사 이름을 보았을 때 어딘가에서 본 출판사라고 생각할 것이다, 그것이 중요하다고 했다. 그러고 보면『문예춘추』에는 광고주 색인이 있었다. 거기에는 술이나 화장품과 함께 미스즈서방의 이름이 있었다. 물론 지금은 없다.

입사해서 처음 맡은 일이 님 웨일스의『아리랑-조선인 혁명가 김산의 불꽃같은 삶』의 광고문을 쓰는 것이었다. 내 졸업 논문의 주제와 딱 맞아떨어져서 신기한 느낌마저 들었다. 입사한 다음 해에는『현대사 자료-만철』을 내기 시작했다.『현대사 자료』와의 오랜 사귐의 시작이었다.

또한 입사와 동시에 잡지『미스즈』에 후지타 쇼조 씨의 「유신維新의 정신」 연재가 시작되었고, 내가 후지타 씨의 담당이 되어 저작집 간행까지 맡았다. 이 또한 오랜 교제의 시작이었다. 후지타 씨의 입장에서 보면 「유신의 정신」은 규모는 작았지만, 주저로 간주되는 『천황제 국가의 지배 원리』 이후의 전환을 도모한 의욕적인 작업이었다. 그때 그 획기적인 면모를 내가 알았던가 생각해보면 솔직히 잘 알지 못했다. 그래도 후지타 씨는 저자로서 격이 달랐다. 그가 호출하면 곧장 달려갔다. 이 세상에 자기와 만나는 것 이상으로 중요한 용무 따위가 있을 리 없다고 생각하는 저자였다. 세이부신주쿠선을 타고 누마부쿠로역으로 가면, 자전거를 타고 온 후지타 씨가 이미 개찰구에서 기다리고 있었다. 곧바로 이자카야로 옮겨 한구석에 앉곤 했다. 그가 쓴 글의 획기적인 면은 파악하지 못했지만, 엄청난 분이라는 건 금방 알 수 있었다. 어떤 젊은 크리스천이자 사회과학자가 그에게 저서를 보내왔는데, 엽서에 "회개하라"라고 한 줄 써서 보냈다던가? 장난기라고 말하기에는 너무 신랄한 짓이었지만 이야기로는 재미있었다. 그런 사람이었다. 그래서 후지타 씨 앞에서는 결코 내 정체를 보여주지 않으려 했더니만 나에게 '유령'이라는 별명을 붙여주었다. 내 입장에서 이야기한다면, 그것은 후지타 씨가 말하는 거리distance의 감각을 소중히 여긴 결과였다. 물론 후지타 씨 자신은 그런 감각을 전혀 가지고 있지 않았다.

그 후 후지타 씨는 영국 유학을 경험하고 1960년대의 최후를 고하는 「권두언」을 잡지 『미스즈』에 발표하며 새로운 문체를 개척하는 데 성공했다. 그중에서도 나는 '정열의 회의가'라는 표현을 좋아했다. 이는 앨런 우드의 『버트런드 러셀-정열의 회의가』에서 취한 것으로, 러셀의 죽음(1970년 2월 2일)을 맞아 쓴 추도문이다. 후지타 씨가 러셀에게서 영향을 받은 것은 '불확실성에 대한 주목이 오히려 인류의 생존이나 자유를 확보하기 위한 과감한 싸움을 지탱해주고 있다'라는 생각이었다. 회의가 러셀의 인생이 바로 그러했다. 「권두언」에서 후지타 씨는 상당히 자랑스럽게 "단문 안에 꾹꾹 눌러 넣어 추상화 효과를 나타내는 것은 나의 가장 큰 특기"라고 했는데, 그것으로 그치는 게 아니었다. 그 글은 무엇보다 시대가 요청한 새로운 사고 형식을 모색한 결과였다. 새로운 사고는 새로운 문체를 필요로 한다. 나는 그 고통스러운 과정을 가장 가까운 곳에서 목격했다. 그 후 『정신사적 고찰』로 결실을 맺는 1970년대 후지타 씨의 작업들은 헤이본샤의 류사와 다케시 씨가 뒷받침했다.

미스즈서방은 서구 문명에 대한 동경을 형식을 갖춰 만들어내는 출판사로 레비스트로스의 인류학, 롤랑 바르트의 기호론 등 서구 지성들의 저작을 번역 출판하는 곳으로 잘 알려져 있다. 우리가 출간한 번역서의 목록을 프랑크푸르트 국제도서전에 가지고 가서 해외 출판인들에게 보여주자 모두 놀란 눈으로 바라보았다. 일본에 이런 꿈같은 출판사가 있느냐면서. 평소에는 그다지 자각하지 못하지만, 일본이 축적한 번역 문화는 실로 거대하다. 세계 문명에 관한 지식을 얻으려면 일본어를 습득하면 된다, 일본어로 다 준비되어 있다는 이야기도 있다. 농담으로 하는 이야기이지만, 절반은 사실이기도 하다.

  미스즈서방의 번역서 목록은 어떻게 만들어졌을까? 주변 학자들이 책을 추천하기도 하지만, 그 밖에 외국의 신문과 잡지 서평에서 골라낸다는 것이 큰 특징이다. 당시에 정기 구독하던 신문과 잡지를 떠올려보면『더 타임스 리터러리 서플먼트』,『뉴욕 타임스 일요판』,『르 몽드』,『프랑크푸르터 알게마이너 차이퉁』,『뉴욕 리뷰 오브 북스』,『뉴요커』, 그리고 한때는 중국의『광명일보』도 있었다. 오비 씨는 주말마다 이 신문과 잡지들을 훑어보면서 시간을 보냈다. 월요일에 출근한 직원들의 책상에는 각자의 흥미나 관심과 관련된 해외 기사의 스크랩이 놓여 있었다. 그중에서 몇 권을 골라 저작권 에이전시에 견본을 요청하는 것이다. 옛날에는 잡지 『미스즈』에 「해외 문화 뉴스」 코너가 있었다. 이것도 오비 씨가 해외의 신문 잡지를 열람한 부산물이었다. 당시에는 아직 종이 매체로 하는 정보 전달이 가장 빨랐고, 가장 신뢰할 수 있었다. 오비 씨가 회사를 사직한 뒤에 그만두고 나니 무엇이 가장 좋으냐고 물어보았다. 주말에 해외 신문과 잡지를 들여다보는 중노동에서 해방된 것이라고 했다.

서구 문화를 중심으로 한 미스즈의 번역 문화 덕분에 나는 1960년대 후반부터 1970년대 전반에 걸쳐 하나의 실험을 했다. 나는 오비 씨에게 "세계의 절반은 이슬람입니다"라고 말했다. 다소 과장은 있었지만 거짓은 아니다. 동양사의 상식이라고 해도 좋다. 이 말의 의미를 지금은 이해할 수 있지만, 당시 일본 독자들의 시선은 아직 구미 일변도였다. 내게는 행운이었지만 미스즈로서는 불행하게도 버나드 루이스의 『아랍의 역사』, 해밀턴 알렉산더 깁의 『이슬람 문명사』, 몽고메리 와트의 『무함마드: 예언자와 정치가』, 에르빈 로젠탈의 『중세 이슬람의 정치사상』을 잇달아 출간했다. 이

후 에드워드 사이드의 『오리엔탈리즘』(원서 출간은 1978년, 일본어판은 1986년)에서 비판받는 오리엔탈리스트의 책들이다. 버나드 루이스와 에드워드 사이드의 「오리엔탈리즘 논쟁」을 잡지 『미스즈』에 일찌감치 소개했는데, 여기서는 분명 루이스가 불리했다. 사이드의 책이 중요한 이야기를 하고 있다고 느끼면서도 한순간 주저하는 바람에 일본어 판권은 헤이본샤에 빼앗기고 말았다.

『오리엔탈리즘』에서 가장 큰 표적이 된 것은 깁의 「이슬람 종교 사상의 구조」라는 논문이었는데, 이 글도 미스즈에서 낸 깁의 책 안에 들어가 있다. 일본의 번역 문화를 만만하게 봐서는 안 된다. 헤이본샤에서 번역 출간한 『오리엔탈리즘』의 옮긴이 주에도 당연히 미스즈의 이 번역 논문이 언급되어 있다. 나는 그것으로 만족할 수밖에 없었다. 그 후 미스즈서방에서도 『이슬람 보도』, 『문화와 제국주의』 등 사이드의 책을 잇달아 출판한다.

후지타 쇼조 씨의 「권두언」 연재는 익명으로 1969년 6월부터 1970년 5월까지 1년간 계속되었다. 미스즈서방 입사 후 나의 첫 5년은 이 「권두언」과 함께 끝이 났다.

5장
1970년대에는 열심히 일했다

1970년대, 그중에서도 특히 전반에는 열심히 일했다. 더 정확하게 말하면 좋은 일을 했다고 하는 편이 나을지 모르겠다.

1970년대에 만든 한나 아렌트의 『전체주의의 기원』이나 카를 슈미트의 『현대 의회주의의 정신사적 지위』는 반세기 이상이 지난 오늘날에도, 아니 오히려 오늘날 더 많이 읽히고 있다. 오비 도시토 씨는 미스즈서방의 책을 두고 "시간은 밭이다"라고 하였는데, 이 책들은 정말로 시간을 밭으로 삼아 자라났다. 이 책들을 만들어낸 과정에 대해서는 『오비 도시토 일지 1965~1985』(주오코론신샤, 2019년)에 쓰여 있는 그 대로이다. 그리고 아렌트, 슈미트 등의 책이 만들어진 전환기의 의미에 대해서는『오비 도시토 일지』의 권말 대담에서 이치무라 히로마사 씨가 이야기한 바 있다. 나는 거기서 대담 상대로서 추임새를 넣었다.

그 외에 내가 만든 책을 몇 권 들어보면, 번역서로는 베드메타의『파리와 파리잡이 항아리』, 카를 슈미트의『정치적 낭만주의』, 알레산드로 당트레브의『국가란 무엇인가』, 로빈 콜링우드의『자연의 관념』, 프랜시스 콘퍼드의『투키디데스－신화적 역사가』(투키디데스는 이름을 알기 어려웠던 탓에 [?] 잘 팔리지 않았지만 좋은 책이다) 등이 있다. 콜링우드와 콘퍼드의 책에는 모두 오누마 다다히로 씨가 공역자로 참여했다. 고대 그리스 철학에서 출발한 오누마 씨가 이후에 카발라Kabbala를 기축으로 한 밀의密儀 체계에 대한 탐구로 나아간 것은 조금 의외라는 생각이 들었다.

『파리와 파리잡이 항아리』는 제목만으로는 무슨 책인지 알 수가 없다. 부제인 '현대 영국의 철학자와 역사가'를 보면 겨우 짐작할 수 있을 것이다. 이 제목은 비트겐슈타인의『철학적 탐구』제309절「철학에서 나의 목적은 무엇인가-파리잡이 항아리에서 도망칠 길을 파리에게 가르쳐주는 것이다」에서 따왔다.『뉴요커』에 연재되었던 글이고 지적 자극이 넘쳐나는 멋진 책이었는데, 일본어판은 항아리에 빠져 꺼낼 수 없는 상태가 되고 말았다. 그러다 당시에 잡지『사상』에 연재 중이던 시미즈 이쿠타로의「윤리학 노트」에서 이 책을 언급한 덕분에 살아났다. 이쿠타로는 "마치 나를 위해 쓰인 책처럼 느껴졌다"라고 했다.『파리와 파리잡이 항아리』는 2부로 나뉘어 있다. 전반부에서는 어니스트 겔너가『말과 사물』에서 시도한 분석철학에 대한 철저한 비판을 시작으로 철학자들의 논쟁을 다루고, 후반부에서는 시미즈가 번역한 E. H. 카의『역사란 무엇인가』로 시작되는 역사가들의 논쟁을 다루고 있다. 시미즈 이쿠타로가「윤리학 노트」에서 했던 논의는 전반부의 논쟁을 둘러싸고 전개되었다.

니이무라 다케시 선생, 모리오카 게이치로 씨를 중심으로 번역한 마르크 블로크의『봉건사회』는 아날학파 역사학에 대한 관심이 고양되던 가운데 나온 대망의 출판이었다. 이후 뤼시앵 페브르, 페르낭 브로델 등 아날학파 사람들의 작업이 일본에서 잇달아 번역 소개되어 역사학의 새로운 영역이 열렸다. 그 무렵, 니노미야 히로유키 씨에게도 아날학파의 심성사心性史에 대한 로베르 망드루의 저작을 번역해 달라고 의뢰했지만 결실을 맺지 못했다. 그는 마르크 블로크에 대한 좋은 책을 써서 이와나미서점에서 출판했다. 니노미야 씨가 돌아가셨을 때 『르 몽드』에 추도문이 실렸다.

미스즈에서는 드물게도 새로 쓴 저작으로 하세가와 시로의 『중국 옷을 입은 브레히트』를 출판했다. 잡지 『미스즈』에 1970년 7월호부터 1972년 5월호까지 10회에 걸쳐 연재된 글을 모은 책이다. 이야기는 하세가와 씨가 기노쿠니야 서점에서 브레히트의 『메티』라는 책을 발견한 것에서 시작된다. 메티란 묵적墨翟, 즉 중국 고대 제자백가 중 한 사람인 묵자를 가리킨다. 브레히트는 사고를 환기하기 위해 때로 중국 고대 철학서의 독일어 번역본 읽기를 좋아했다. 이 책은 메티가 중국풍 이름으로 바뀐 스탈린, 히틀러, 로자 룩셈부르크, 마르크스와 대화하는 형식으로 이야기가 전개된다. 또한 하세가와 씨가 직접 등장하여 대화에 참여하는데 묵자, 브레히트, 하세가와 씨가 시대와 세계를 자유자재로 왕래한다는 느낌의 책이다. 좋은 책이라기보다 좋아하는 책이다. 마찬가지로 좋아하는 책으로 버트런드 러셀의 『인생에 대한 단장』이 있다. 이 책은 나카노 요시유키 씨와 오타 기이치로 씨가 함께 번역했다. 오타 씨도 조금 특이한 분으로 가업인 중소기업을 물려받았으나 망해버려서 남은 돈으로 무엇을 하면 평생 먹고살 수 있는지 생각한 끝에 돈을 모두 공부하는 데 써서 대학교수가 되면 좋겠다 생각하고, 그것을 실행한 사람이다.

교토의 중국학을 대표하는 가노 나오키의 교토제국대학 강의도 『지나[51] 문학사-상고부터 육조까지』를 시작으로 『논어 맹자 연구』, 『한문 연구법』, 『청조의 제도와 문학』, 『춘추 연구』, 『지나 소설 희곡사』에 이르기까지 20여 년에 걸쳐 계속 출판했다. 먹으로 쓴 강의 초고는 글자가 대단히 아름다웠다. 능필가로 알려진 가노 나오키가 휘호하는 모습은 동료 동양학자 구와바라 지쓰조의 아들 구와바라 다케오의 「군잔 선생」(군잔은 가노 나오키의 호)이라는 산문에 기록되어 있다. 군잔 선생이 부인에게 중국의 고묵古墨을 갈게 하고, 잠시 후에 "그쯤에서 규쿄도鳩居堂[52]를 조금 섞게나"라고 하는 대목이 묘하게 인상적이어서 잊히지 않는다. 강의

---

51 지나支那는 역사적으로 중국을 부르는 명칭으로 많이 사용되었으나, 청나라 멸망 이후 중국이 반식민지 상태로 전락한 상황에서 일본 제국주의 세력이 주로 사용하면서 비하의 의미가 짙어졌다.

초고를 정리하는 것은 손자인 가노 나오사다 선생이 했다. 해설은 요시카와 고지로 선생과 미야자키 이치사다 선생에게 부탁드렸다. 어려웠던 점은 매회 강의가 끝나는 부분이 메모 같은 느낌으로 되어 있었다는 것이다. 재현하기 위해 애를 쓰긴 했으나 과연 결과물은 어땠을까? 이 일은 그 어려움에 비해서는 크게 인정받지 못했지만 좋은 작업이었다. 가노 나오사다 선생은 후에 교토여자대학의 학장이 되었다. 순박하고 곧은 성품에 말재주가 없고 수줍음을 타는 분으로 그분에게서 군잔 선생의 모습이 언뜻 보이는 듯했다.

저작집이나 전집류에도 몇 가지 손을 댔다. 영국의 보수주의 사상가 에드먼드 버크의 저작집, 에도 시대 지의 거인 오규 소라이의 전집, 메이지 시대의 저널리스트이자 사상가인 구가 가쓰난의 전집, 때마침 불어온 구조주의 붐의 한복판에서 언어학자 고바야시 히데오 등의 저작집 등을 출판하였다.

이 저작집과 전집에 대해서는 이런저런 글들에서 여러

---

52 규쿄도는 서화 용품이나 향을 파는 노포 전문점으로 1663년 창업했다. 교토와 도쿄 긴자에 본점을 두고 있으며, 1945년까지는 일본 황실의 공식 문구업체였다. 이 문장에서는 규쿄도의 먹을 섞으라는 의미이다.

가지 형태로 언급하고 있는데,『구가 가쓰난 전집』은 어디에도 언급되지 않은 듯하여 내가 조금 말해보고자 한다.『구가 가쓰난 전집』에 수록한 문장은 대부분 신문『일본』의 사실이있다. 교정을 위해서이긴 했지만, 전문을 읽은 사람은 편집자인 우에테 미치아리 씨와 나 정도였을 것이다. 우에테 씨는 구가 가쓰난 연구자로서 지쿠마서방의 '근대 일본 사상 대계'에 속한『구가 가쓰난집』의 편집을 담당했다. 이 총서에는 물론『근시정론고』나『근시헌법고』등 구가 가쓰난의 주저도 수록되어 있지만, 우에테 씨가 맡은『구가 가쓰난집』의 3분의 2는「신문·잡지 논설집」이 차지하고 있다. 그렇게 독특한 편집은 편집자가 뛰어난 역량을 발휘한 것이라 평가할 만하다. 우에테 씨는 그 방대한 분량의 논설 가운데 무엇을 선택할 것인가로 상당히 고민했던 듯한데, 그 과정을『구가 가쓰난집』의「해설」다음에 나오는「추기追記」에 솔직히 적었다. "나는 후쿠자와 유키치나 도쿠토미 소호와 비교하면서 가쓰난 전집을 편집했다"라고 쓴 것을 보면, 스승인 마루야마 마사오 선생의 '내셔널리즘과 데모크라시의 종합을 의도한' 가쓰난이라는 상에서 크게 벗어나지는 않은 것처럼 보였다.[53]

수많은 논설 가운데 무엇이 선택되었는가를 확인하는 것
이 나는 매우 흥미진진했다. 나의 틀을 벗어나 흥미로웠던
것 위주로 이야기를 해본다면, 거기에 수록되지 않은 흥미
로운 논설이 몇 편 떠올랐다. 아시오광독사건[54]의 다나카
쇼조가 의원직을 그만두고 메이지 천황에게 직소한 행위에
대해 가쓰난은 "일본 사회에는 의회를 무시하는 암류暗流가
있다"라고 비판했다(이 표현은 논설 「제국 의회의 가치-다나카 씨
의 직소에 비추어」에 있다고 생각했는데, 같은 내용의 글이지만 이 문

---

53 마루야마 마사오는 가쓰난에 대해 다음과 같이 평했다.

"가쓰난은 메이지 중기의 저널리스트로서 내셔널리즘과 데모크라시의 통
합을 설파한 사람이었다. 당시에 번벌 정부를 비롯한 보수 세력은 데모크
라시를 시기상조라 보며 내셔널리즘을 국민의 기반으로 하려고 한 것에
비해 재야의 민권론자들은 국제 정세를 무시하고 오로지 데모크라시의 확
장만을 주장했다. 이에 대해 가쓰난은 시야를 넓혀 세계 상황을 관찰하여
'후진 민족의 근대화운동이 외국 세력에 대한 국민적 독립과 내부의 국민
적 자유의 확립이라는 이중적 과제를 짊어짐으로써 데모크라시와 내셔널
리즘의 결합을 필연으로 삼는 역사적 논리를 정확하게 파악하고 있었던
것이다.'"

54 19세기 후반 도치기현과 군마현의 와타라세 하천 주변에서 벌어진 환경오
염 사건. 후루카와 광업이 개발 중이던 아시오 동광에서 매연, 광독 가스,
광독수 등이 하천에 유입되면서 주변 지역에 막대한 피해를 주었다. 당시
도치기현 국회의원이었던 다나카 쇼조가 국가에 문제를 제기했지만 정부
에서는 별다른 대책을 세우지 않았다.

장은 눈에 띄지 않는다. 어디서 보았을까?). 또한 대일본제국헌법
을 반포할 때 도카이 산시가 천황도 틀리는 일이 있을 것이
다, "제왕은 모두 성인이 아니며 한두 개의 과오나 실책도
없는 것은 아니라는 사실을 보장해야 한다", 천황이 잘못을
저지른다면 그 책임은 누구에 대해서 져야 하느냐고 했을
때, 가쓰난은 '황조황종皇祖皇宗(천황의 역대 조상)'에 대해 책
임을 져야 한다고 답했다. 원래 흠정헌법은 천황이 황조황
종에게 맹세하는 것에서 출발하며 천황의 대권은 신민에 대
해서는 무한, 황조황종에 대해서는 유한하다. 가쓰난의 이
런 주장이 궤변이라고 생각했지만, 패전 시 퇴위의 논리는
될 수 있었을지 모르겠다. 이러한 예를 보면, 메이지 시대
사람들에게는 천황제 파시즘 시기의 그것과는 다른 천황관
이 있었던 것처럼 보이기도 했다.[55]

『구가 가쓰난 전집』에 수록된 잡지 논설 중 몇 편과 관련
해서는 도쿄 혼고 지역의 라쿠다이 요코초에 있던 펠리칸

---

55 천황제 파시즘이란 1920년대 중반부터 제2차 세계대전이 종료되기까지
일본의 정치체제를 가리키는데, 이 시기의 천황제는 이전과는 명백히 다
른 전체주의적 성격을 지니고 있었다. 특히 언론과 사상의 탄압, 군국주의
화, 정당 정치의 부정과 권력의 집중 등에서 큰 차이를 보였다.

서방의 주인 시나가와 쓰토무 씨의 이름을 빼놓을 수 없다. 본 적도 없는 메이지 시대 잡지에 게재된 글을 "이런 게 있어요"라면서 가져다주셨다. 각 출판사의 전집 편집자 중에는 그분의 신세를 진 사람이 많을 것이다. 기인이었다. 겨울에도 반소매 셔츠에 카우보이모자를 쓰고 있었고, 추위에 약해서 두텁게 껴입은 나를 보면 "남극에라도 가는가?"라며 놀려대던 분이었다.

어느 날 내 옆자리의 편집자 다카하시 마사에 씨(현대사 연구자로 『2·26사건』, 『쇼와의 군벌』을 저술했다)가 책 한 권을 든 채로 내게 말을 걸어왔다. 손에 든 것은 그의 애독서로 B, C급 전범의 유서를 모은 『세기의 유서』(스가모 유서 편찬회, 1953년)였다.

"이것은 우에테 씨의 부친이 아닌가."

들여다보니 홍콩에서 처형당한 우에테 다이치라는 이름이 있었다. 유서의 수신인에 아들인 미치아리의 이름도 있었고, 앞으로의 시대에는 학문을 하라고 쓰여 있었다. '다이치多一'라는 이름은 '일즉다 다즉일一卽多 多卽一'의 화엄 사상에서 온 것일까? 미치아리의 이름도 뭔가 의미가 있을 것 같았다. 이 책의 복각본(고단샤, 1984년)도 나왔지만 우에테 다이치 씨의 유서는 유족의 의향에 따라 생략되어 백지로 된 페이지가 있을 뿐이었다.

『구가 가쓰난 전집』을 생각하다 보면, 그것을 간행하고 약 사반세기가 지난 2001년에 오쿠보 도시아키 선생의 감수로 『쓰다 마미치 전집』을 편집한 일이 떠오른다. 쓰다는 막부가 파견한 최초의 유학생으로 니시 아마네와 함께 네덜란드 라이덴대학교의 피세링 교수 아래에서 공부했다. 그 학습의 성과가 쓰다의 『태서국법론』이다. 이 저작에 대한 해설로 당시 도쿄대학 메이지신문잡지문고에서 일하던 사카이 유키치 씨가 쓴 논고 「피세링과 블룬칠리-『태서국법론』의 역사적 위치」가 있다. 이 논고는 『쓰다 마미치 전집』과 함께 출간되었던 『쓰다 마미치-연구와 전기』에 수록되어 있다. 피세링의 학설은 사회계약설에 대항하는 블룬칠리의 국가유기체설을 인용한 것임을 실증하는 글이다. 쓰다에게 블룬칠리가 있었다면, 가쓰난에게는 누가 있었을까? 가쓰난은 카를 슈미트의 『정치 신학』을 통해 잘 알려진 프랑스의 정치사상가 조제프 드 메스트르를 일본에서 최초로 번역한 사람일 것이다. 가쓰난이 번역한 드 메스트르의 「주권원론」이 『구가 가쓰난 전집』 제1권에 수록되어 있다. 가쓰난은 그의 범유럽적 반혁명 사상을 공유하고 있었던 것일까? 쓰다나 가쓰난이 서구 사상에서 어떤 영향을 얼마만큼 받았는지는 분명하지 않지만, 그들은 상당히 깊이 서로를 이해하고 있었다. 메이지 사상사는 역시 매우 어렵다.

『쓰다 마미치 전집』을 만들 때는 의외로 후지타 쇼조 씨의 책에 나오는 한 구절이 지침이 되었다. 당시 나는『쓰다 마미치 전집』과『후지타 쇼조 저작집』을 함께 편집하고 있었는데,『천황제 국가의 지배 원리』에서 그 구절을 발견했다.

"쓰다는 절대주의 이념형을 마지막까지 비현실적으로 고수한 사람으로 우리 나라에는 드문 존재였다."

이어서 괄호 안에 "이토 히로부미나 이노우에 고와시가 리얼한 공동체 질서에 타협적인 태도를 보였던 것과 비교해보라"라고 쓰여 있었다. 쓰다가 막부로부터 부여받은 사명은 분명 막부와 도쿠가와 가문을 중심으로 하는 절대주의 국가의 건설이었다. 쓰다는 조금 단순하기는 하지만 막부 중심의 헌법을 만들었다. 『쓰다 마미치 전집』상권에 들어 있는「일본국 총제도·관동령 제도」가 그것이다. 'constitution'을 '총제도総制度'라 번역하였다. 아마도 일본 최초의 헌법 초안이지 않을까? 후지타 씨가 쓰다를 이토 히로부미,

이노우에 고와시와 비교한 것도, 사카이 유키치 씨가 이노우에 고와시 전문가였던 것도 모두 부합된다. 후지타 씨의 이 구절을 과거에 읽었을 때는 이런 생각을 전혀 하지 못했다. 무엇에 관심을 갖지 않는다면, 그것이 존재하지 않는 것이나 다름없다.

　이야기를 다시 1970년대로 돌려 1976년 가을에는 마루야마 마사오의 『전중과 전후 사이』를 출간했다. 원래 마루야마 씨의 책을 기획 편집한 것은 오비 씨였고, 나는 실제 책을 만드는 일만 도왔을 뿐이므로 이 책의 출간 과정에 대해서는 오비 씨의 글 「마루야마 마사오 『전중과 전후 사이』의 편집자로서」(『어제와 내일 사이-편집자 노트에서』, 겐키서방)를 참고하기 바란다. 마침 말하기에 알맞은 자리이니 한마디 해두고 싶은 이야기가 있다. 여태까지 내가 만든 책에 대해 여러 가지 이야기를 했는데, 마루야마 씨의 책도 그렇지만 많은 책들이 많든 적든 오비 씨의 보호 아래서 만들어졌다. 오비 씨의 의도에 지극히 충실하게, 드물게는 의도한 것 이상으로 훌륭하게 만들었다고 할 수 있다. 이는 편집자로서 내가 누린 행운이었다.

　철학자 쓰루미 슌스케는 이야기식으로 써 내려간 자서

전 『기대와 회상』에서 "뛰어난 필자에 비해 뛰어난 편집자는 매우 적다, 희귀하다"라면서 패전 후에 그렇게 이야기할 만한 편집자를 든다면 만화 잡지 『가로』의 편집장 나가이 가쓰이치와 미스즈서방의 오비 도시토 씨일 것이라고 했다. 아마 오비 씨는 이 평가를 받아들이지 않았을 것이다. 오비 씨는 쓰루미 씨가 만화와 같은 대중문화를 평가하는 것은 출신이 좋아서 서민 콤플렉스가 있기 때문이고, 자신은 시골 출신이기 때문에 그런 환상이 전혀 없다고 했다. 오비 씨의 출신에 대해서는 미야타 노보루의 『오비 도시토의 전후—미스즈서방의 출발 무렵』(2016년)에 상세하게 그려져 있다. 그러나 그 문화적 영향력, 편집 실력으로 볼 때 이 두 사람이 일군 전후 문화사에 대한 쓰루미의 평가에는 틀림이 없다고 생각한다.

1972년 5월, 오비 씨는 50세가 되어 처음으로 외국에 갔다. 제19회 국제출판협회 파리 회의에 참석하기 위해서였다. 그는 그보다 앞선 5월 6일, 마루야마 씨와 만난 일을 『오비 도시토 일지』에 기록하였다. 마루야마 씨는 오비 씨에게 옥스퍼드의 블랙웰 서점을 방문하라고 권했다. 내 기억에 오류가 없다면 이때 마루야마 씨는 "블랙웰에는 가토 군 같은 점원이 있어서 어떤 주제에 대해 물어보면 그와 관련된 책을 모두 가져와서 각각의 특징에 대해 설명해준다"라고 했다. 좋은 서점에는 스페셜리스트는 아니어도 훌륭한 제너럴리스트가 있다고 말한 것이다. 서점을 출판사로 치환해보면 이것이 아마도 '내가 편집자가 된 이유'일 것이다.

『전중과 전후 사이』를 내고 미스즈서방에서의 내 첫 10년이 지나갔다.

6장

1980년대 이후

앞에서 1960년대 말부터 1970년대 초에 걸쳐 오리엔탈리스트들의 책을 만들었던 이야기를 했다. 그 책과 저자들을 비판한 사이드의 『오리엔탈리즘』 서설 마지막 부분을 읽으며 허를 찔렸다는 생각이 들었다. 사이드는 『오리엔탈리즘』을 쓰는 의미에 대해 이렇게 이야기했다.

"나는 나 자신이 서양의 반유대주의의 이상하고 비밀스러운 공유자의 역사를 쓰고 있음을 깨달았다."

조금 이해하기 어려운 표현이기는 하지만, 요컨대 그는

"서양의 반유대주의와 오리엔탈리즘의 뿌리는 같다, 서양이 지닌 '비밀'은 거기에 있다"라고 말한 것이다. 아렌트의 반유대주의의 역사, 그리고 오리엔탈리스트들의 저작. 이 두 책을 만든 내 작업은 뒤틀린 연결이기는 하지만 연결되어 있다고 이해했고, 여기서 하나의 완결점을 본 것 같은 느낌이 들었다.

1980년에 책이 한 권 나왔다. 내게는 그것이 1970년대와 1980년대를 나누는 경계선처럼 보였다. 『현대사 자료』별권 『색인』이다. 『현대사 자료』는 누가 뭐라 해도 전후 일본의 기념비적 출판물이다. 이것이 없었다면 제1차 세계대전 이후부터 제2차 세계대전에 이르는 일본의 위기 시대의 자료를 우리가 얼마나 가질 수 있었을까? 그것을 한 민간 출판사가 해낸 것이다. 『색인』에 실린 「편집실에서」라는 글에는 그 마음이 담겨 있다.

"생각해보면 이 기획은 패전, 점령으로 이어지는 사회 변동 속에서 탄생한 것입니다. 1950년대 도쿄의 고서 시장에 때때로 출현하던, 패전 전의 경찰 자료에 이목이 집중되었습니다. 폐지로 내버려져 고물상이 분류하고 구분하는 가운데서 발견된 등사판이나 필사본 등이 특수한 주목자를 기대하면서 돌아다녔던 것입니다."

　오비 씨의 문장이다. 『현대사 자료』는 이 기획을 알게 된 고서업자의 의협심 덕도 보았다. 대학 연구실에 들어가는 것보다 활자화되는 편이 좋다고 생각하여 정보를 흘려주는 업자도 있었다.

　전 45권의 인명과 용어를 정리한 이 『색인』은 '자료편집부 엮음'이라고 되어 있지만 사실상 편집자 다카하시 마사에 개인의 작품이다. 얼마나 대단한 일인가. 「월보」의 '필명·별명·애칭 일람표' 하나만 보더라도 알 수 있다. 본명을 알아내는 작업은 이만저만 곤란한 것이 아니다. 다카하시 씨는 매일같이 『관원록』을 보러 국회도서관에 갔던 탓에 회사에 얼굴을 비치지 않을 때도 많았다. 모든 자료를 횡적으로 연월일 순으로 정리한 「연표」도 대단하다. 1945년 8월 15일을 보면 승자와 패자, 예를 들어 국부 주석 겸 군사위원장 장제스의 '방송 연설'과 지나 파견군 총사령관 오카무라 야스지의 '훈시'가 나란히 게재되었다.

　도서관 관련 잡지에서 「색인 작성 수기」 원고를 부탁받은 다카하시 씨는 "혼자서 했다든가, 매일 밤 인명이 줄줄 나오는 꿈을 꾸었다든가 하는 이야기는 부끄러워서 쓸 수가 없어요"라고 했다. 그것도 그다운 말이다. 기억력이 발군이었던 사람이라고는 하지만, 컴퓨터를 사용하지 않고 모두 종이 카드로, 게다가 혼자서 다 해냈으므로 역시 대단하다.

『색인』을 낸 후 이어서 『속·현대사 자료』전 12권을 기획했다. 자료에 대해 이야기하면, 이미 리프린트(복사)가 주류인 시대였다. 자료는 연구자의 것이고, 독자에게는 동시대의 기록이 아닌 것이 되어가고 있었다.

12권 가운데 『아나키즘』과 『특고와 사상검사』를 담당했다. 후자는 해설도 썼다. 말하자면, 어느 권에도 속하지 않지만 버리기에는 아까운 자료를 모아서 상당히 막연한 제목을 붙여 한 권으로 묶어냈기 때문에 차마 다른 사람에게 부탁할 수는 없었다. 버리기에 아까웠던 만큼 이 권은 확실히 재미있다.

한 가지 예를 들면, 신흥 종교인 오모토교大本教의 데구치 오니사부로의 「정신 감정 기록」 2종(1927년)이 수록되어 있다. 하나는 교토대학의 이마무라 신키치 교수, 다른 하나는 도쿄대학의 스기타 나오키 교수가 썼다. 감정 결과 '피고인의 예지계에는 정신적 이상 없음'인 것은 동일하다. 정신의학자 무라카미 진 교수는 이 감정서에 대해 "(이마무라 신키치) 선생은 정신의학 분야의 많은 감정서를 썼는데, 오모토교의 데구치 오니사부로의 정신 상태, 특히 그의 빙의 상태에 대한 감정서는 대단한 역작이다"라고 말했다. 정치사회학자인 구리하라 아키라 씨도 서평에서 "이 두「감정 기록」은 한 종교인의 내면을 통해 민중 사상의 깊은 층이 드러나 매우 감동적이다"라고 했다.

『특고와 사상검사』에는 굴복한 사람들에 관한 자료도 수록했다. 내무성 경보국 보안과의「전향관계철」은 공산당의 '거두' 사노 마나부와 나베야마 사다치카의 전향[56]에 이은 '전향의 시대'의 시작을 알리는 자료이다. 또한 경찰이 날조한 '요코하마 사건'[57]을 푸는 열쇠가 되는「아이카와 히로시

---

56 1925년 일본에서는 천황제나 사유재산제를 부정하는 반정부 및 반체제 운동을 금지하는 치안유지법이 제정되어, 공산주의운동 등 각종 사회운동을 단속, 처벌하기 시작했다. 처벌 대상자에 대한 각종 회유책이 등장하며 '전향轉向'이라는 말이 널리 쓰였다. 1933년 일본공산당 최고 지도자 사노 마나부와 나베야마 사다치카가 옥중에서 함께 전향 선언을 하여 전 사회적인 충격을 주었다.

57 1942~45년 언론사 및 출판사 관계자 60여 명이 공산주의를 선전했다는 이유로 치안유지법 위반 혐의로 체포되고 그 가운데 30여 명이 유죄 판결을 받은 사건이다. 후에 경찰의 고문에 의한 허위 자백으로 사건 자체가 날조된 것으로 밝혀졌다.

수기」에는 가슴을 찔린 듯한 느낌이 들었다. 이 자료는 복사를 허락받지 못해서 조금씩 필사하여 수록한 만큼 그런 생각이 더 강하다. 구리하라 아키라 씨는 이 자료의 서평을 "사상 통제는 과거의 것이 아니라는 점을 이 책은 묵시록처럼 우리에게 말해주고 있다"라는 말로 마쳤다.

그 무렵 잡지 『미스즈』의 판권면에는 편집인, 발행인, 인쇄인 세 명의 이름이 나란히 기재되었다. 그 편집인 자리에는 오랫동안 내 이름이 있었다. 아마 오구마 유지 사장이 발행인인 동안에 그랬을 것이다. 베를린 장벽이 붕괴되기 직전이었던 1989년 8월호의 목차만큼은 선명하게 기억하고 있다. 표지는 폴 아자르의 『책, 어린이, 어른』의 원서 표지를 사용했다. 이 책에 대해서는 다카스기 이치로가 게재한 글 「문학적 산보Promenade literal」에 언급되어 있다. 아자르는 "영국은 어린이책만으로도 나라를 재건할 수 있을 것이다"라고 말한 바 있고, 다카스기 씨는 루이스 캐럴의 『거울 나라의 앨리스』를 번역한 사람이다. 이들은 영국이 어린이책을 통해 길러진 어른들의 나라라고 말했다. 다카스기 씨의 대학 고별 강연 외에 권두에 이치무라 히로마사의 「낙하하는 세계」를 두었고, 그 외에 이소노 후지코의 「오언 래티모

어에 대하여」, 우레무라 다다오의 「시는 그림과 같이 - 잠바
티스타 비코의 『새로운 학문』의 세계 2」를 실었다. '해외 문
화 뉴스' 코너는 그해에 돌아가신 두 분에게 헌정되었다. 한
사람은 동물행동학 분야의 콘라트 로렌츠로 그의 최후의 대
화 「우리는 석기시대 사람에게 지배당하고 있다」를 소개했
다. 또 한 사람은 논리실증주의 철학자 앨프리드 에이어로
그의 죽음을 추도하는 글 「언어·진리·솔직함」을 소개했다.
이 목차에는 그때까지의 작업이 집대성된 충실함이 있었던
것을 지금까지도 잘 기억하고 있다. 그리고 11월 9일, 베를
린 장벽이 무너졌다.

이듬해 봄에는 버트런드 러셀의 선견지명을 보여주는
『독일 사회민주주의』(원서는 1896년 출간)와 『러시아 공산주
의』(원서는 『볼셰비즘의 실천과 이론』이라는 제목으로 1920년 출간)
를 가와이 히데카즈 씨의 번역으로 출판했다. 품이 많이 드
는 책만 내던 나에게는 긴급하게 진행한 출간이었다. 번역
가의 해설에는 이렇게 쓰여 있다.

"서쪽은 독일로부터 동쪽은 러시아에 걸쳐 이른바 사회
주의권에 문자 그대로 세계사적인 변동이 일어나고 있는 현
재 사회주의란 무엇인가, 공산주의란 무엇인가를 새삼 생각

해볼 때 이 두 권이 다른 어떤 저작보다도 사색에 도움을 주
리라 믿는다."

1990년에는 오비 씨가 퇴사했다. 오비 씨와 함께 마루야
마 마사오 씨에게 편집장 교체 인사를 하러 갔다. 오비 씨가
잠시 자리를 비운 사이 마루야마 씨는 "가토 군, 2대 장군은
매우 힘들어요. 1대에 비한다면 사람들이 관심을 갖고 평가
해줄 일은 절대로 없을 테니까"라고 말씀하셨다. 정말 말 그
대로였다. 오비 씨의 크기를 생각한다면 당연한 일이었다.
그러나 다른 한편으로는 위대한 편집장 앞에서는 아무 말도
하지 못하던 사람들이 쏟아내는 불만을 받아내야 하는 일도
때로 있었다. 과연 역사는 이렇게 초대의 위인을 중심으로
움직이는구나를 충분히 이해했다.

이후 오비 씨가 남긴 기획을 완성하는 일도 내 일이 되었
다. 그 일을 하면서는 내가 한 기획에서는 맛볼 수 없을 것
같은 체험도 했다. 일본 전위 예술의 아버지 다키구치 슈조
의 거의 전집에 가까운 『컬렉션 다키구치 슈조』도 그중 하
나이다. 문자로 아는 것만으로는 재미가 없어서 살아 있는
몸뚱이의 전위 예술가와 직접 만나기도 했다. 무용수 오노
가즈오 씨에게 이 책의 추천사를 의뢰했다. 오노 씨는 바로

전설의 〈라 아르헨티나 송〉[58]을 추었던 무용수이다. 오노 씨가 추천사를 쓸 수 있어 너무나 기쁘다는 뜻을 온몸으로 표현해 당황하기는 했지만, 그렇게 기뻐하는 모습을 보며 다키구치 씨가 얼마나 큰 사람인지 새삼 알게 되었다.

『컬렉션 다키구치 슈조』가 완성되었을 때 감수자였던 오오카 마코토 씨에게서 "무서운 오비 씨에서 상냥한 가토 씨로 담당자가 바뀌어서 완성되지 않을 줄 알았다"라는 말을 들었다. 실은 나도 그렇게 생각했다. 완성할 수 있었던 것은 조각난 문서 하나까지도 소홀히 하지 않았던 집념의 편집자 아마노 다카히로 군 덕분이다. 아마노 군은 모든 것을 알고 있는 편집자이다. 후에 그는 『쓰지 마코토 전집』도 편집했다. 역시나 쓰지 마코토의 모든 것을 아는 편집자가 되었다. 전위 예술가에 대해서라면 『오카모토 다로의 책』도 출판했다. 이에 대해서는 별도로 쓴 글이 있다(이 책에 수록된 「삶은 달걀과 주먹밥」).

같은 시기에 『시모무라 도라타로 저작집』도 간행했다. 가

---

58 '라 아르헨티나'는 아르헨티나 태생 스페인 무용수의 이름으로 본명은 안토니아 메르세이다. 1977년 오노 가즈오는 라 아르헨티나에게 헌정하는 무용곡 〈라 아르헨티나 송〉을 발표해 큰 반향을 일으켰다.

나가와현 즈시 지역의 사쿠라야마에 있는 시모무라 도라타로 선생 댁에도 몇 번인가 찾아뵈었다. 제국 호텔의 설계자인 프랭크 로이드 라이트의 일본인 제자가 설계했다는 천장이 높은 건물이었다. 여름엔 서늘했고, 겨울에는 따뜻했다. 이야기를 나누던 테이블 옆에는 졸업생들이 보냈다는 다카다 히로아쓰의 작품이 놓여 있었다. 철학자 알랭[59]의 브론즈상이었다. 니시다 철학[60]부터 과학사, 과학철학, 다빈치, 라이프니츠에 이르기까지 학문의 넓이가 대단한 분이었지만, 시모무라 선생이 가장 자부심을 가진 것은 부르크하르트 연구가 아니었을까 생각한다. 『부르크하르트의 세계』는 유럽에도 없는 연구라 만약 이것이 유럽어로 간행되었다면 큰 주목을 받아 선생의 이름을 널리 알리고 많은 독자를 얻었을 텐데 정말 애석한 일이다.

1996년에 『속·현대사 자료』가 『교육3 어진과 교육칙어』로 완결되었다. 이를 기념하여 잡지 『미스즈』에 「『현대사 자료』를 읽다」라는 연재를 기획했다. 연재 첫 글은 이시도 기

---

59 프랑스의 철학자로 본명은 에밀 오귀스트 샤르티에이다.
60 일본 불교를 바탕에 두고 서양철학의 개념과 언어를 받아들여 자신만의 고유한 철학 체계를 구축한, 일본 근대 철학의 아버지 니시다 기타로의 철학.

요토모 선생에게 부탁할 수밖에 없다는 생각으로 도쿄 교외의 기요세에 있는 자택을 방문했다. 몇 번이나 방문했지만 이미 귀가 잘 들리지 않았던 이시도 선생에게서 시인 가브리엘레 단눈치오에 관한 재미있는 이야기를 들으며 시간을 보냈을 뿐 결국 기획은 실현되지 못했다. 이시도 씨는 "이 자료들이 사용되려면 50년쯤 걸리려나?" 하고 말씀하셨지만, 1권이 간행된 이래로 50년도 훨씬 넘게 지나가 버렸다.

7장

두 개의 전람회

2001년에 나는 회사를 사직했다. 이후는 덤으로 사는 인생이다.

처음 향한 곳은 스위스의 취리히였다. 왜냐하면 미스즈 서방에서의 마지막 몇 년은 알베르토 자코메티와 그의 벗 야나이하라 이사쿠, 우사미 에이지의 책을 만들었기 때문이다. 자코메티는 1901년생, 그의 탄생 100주년을 기념하여 취리히에서 회고전이 열리고 있었다. 그보다 큰 규모의 전시회는 앞으로도 거의 없을 것이다. 초현실주의 시대부터 연대순으로 전시를 둘러보다 보니 거의 끝부분에 '야나이하라 위기Yanaihara Crisis'라는 방이 있었다. 야나이하라의 초상화 세 점(1956, 1957, 1961년 작)이 전시되어 있었다. 해설에는 다음과 같이 쓰여 있었다. 자코메티는 중요한 작품을 계속해서 생산해내는 유형의 예술가가 아니었다. 그의 인생에는 세 번의 위기가 있었다. 그 가운데 마지막 위기가 찾아왔을 때, 그러니까 1956년 가을 자코메티는 야나이하라의 초상화를 그리던 중에 위기에서 벗어나는 창조적 충동이 일었다. 자코메티는 모델인 야나이하라와 함께 있으면서 보는 자와 보이는 자의 대화가 곧 자기 생의 과정이고 그 안에 자신이 있음을 발견했다. 야나이하라를 그리며 무겁고 두터운 배경에서 벗어나 캔버스 위에 3차원의 형상, 3차원의 리얼리티를 만들어 보는 이의 시선을 사로잡았다. 일련의 야나이하라 초상화는 자코메티가 죽음을 맞이한 1966년까지 계속되던 여정의 시작이었다. 나는 그 해설을 이렇게 읽었다. 벽에 걸린 세로 1미터 정도의 야나이하라 초상화 세 점의 압도적인 모습에 나는 잠시 눈을 빼앗겼다.

퇴사하고 보름 정도 지난 2001년 9월 11일, 미국에서 동시 다발 테러가 일어났다. 그날 밤, 뉴욕 세계무역센터로 돌진하는 비행기의 영상이 반복적으로 텔레비전을 통해 방영되었다. 헝가리혁명 때 사진의 시대를 보았던 것처럼, 동시다발 테러 사건에서 텔레비전의 시대를 보았다.

이튿날, 잠에서 깨어 '자, 이제부터 어디로 갈까' 하고 생각했다. 나는 우에노의 국립서양미술관으로 향했다. 〈미국의 영웅주의〉라는 제목의 전시회를 하고 있었다(2001년 8월 7일~10월 14일). 이후로 틀림없이 미국의 영웅주의가 떨쳐일어나겠구나 생각했다.

이 전시회는 1995년 무라야마 도미이치 총리가 미국에 갔을 때 클린턴 대통령이 약속한, 샌프란시스코강화조약 체결 50주년을 기념하는 것이었다. 상당히 독특하고 흥미로운 전시회였는데, 어떤 평가도 받지 못했다. 관람객이 나 말고 또 있었던가 없었던가. 그 정도로 전시관이 한산했다.

1부 '역사화에서 보는 영웅'에서는 필그림 파더스Pilgrim Fathers[61]의 출항, 독립 선언 등 역사적 장면이 그려져 있었다. 2부는 '미국의 영웅적 풍경'이라는 제목이었다. 영웅적

---

61 1620년 영국의 종교 탄압을 피해 메이플라워호를 타고 미국의 뉴잉글랜드에 처음 이주한 102명의 청교도.

풍경이라는 것이 있을까? 처음 만난 것은 조금도 특별하지 않은 한 장의 풍경화였다. 멀리 산이 보이는 물가의 마을에 마을 주민 두셋이 일하고 있는 모습이 보였다. 화가의 이름은 프레더릭 에드윈 처치, 그림 제목은 〈웨스트 록, 뉴 헤이븐〉이었다. 지명만 듣고 이곳이 어떤 곳인지 아는 일본인은 적을 것이다. 해설에 따르면, 이 땅은 영국의 청교도혁명 때 국왕 찰스 1세를 처형한 사람들이 국왕파의 복수를 피하기 위해 떠나와 숨어 살던 장소였다고 한다. 미국 식민지인 이곳의 주민들은 이 '국왕 살해자들'을 숨겨주고 도와주었다. 그래서 이 풍경화는 신대륙 아메리카에서 민주주의 투쟁의 오랜 역사를 상기하게 하는 영웅적 풍경이라고 한다. 너무나 평범하고 평화로운 풍경이었다. 알카에다가 숨어 사는 산속 풍경과도 그리 다르지 않았다. 잠시 멈춰 서서 넋을 잃고 바라보았다.

환상의 도쿄 올림픽의 해에 태어난 나는 이 전시를 본 날로부터 20년 뒤 모 대신이 '저주받은 올림픽의 해'[62]라고 이

---

62 2020년 코로나19 팬데믹으로 도쿄 올림픽의 개최가 불투명해진 상황에서 일본의 아소 다로 부총리가 "저주받은 올림픽"이라는 표현을 써서 물의를 일으켰다.

야기한 해에 산수傘壽(80세)를 맞았다. 신형 코로나 바이러스가 맹위를 떨치는 세계에서 외출을 자제하고 컴퓨터 화면을 마주한 채 마음에 떠오르는 쓸데없는 말을 공연히 써 내려가고 있다.

2부

내가 만난 사람들

1장

번역가 소묘

처음에는 '번역가 열전'을 쓰지 않겠느냐는 권유를 받았다. 일본 문화는 분명 번역서가 든든히 뒤를 받쳐왔다. 이는 곧 번역가들이 그 역할을 해왔다는 말이기도 하다. 패전 후 20세기 후반 번역 문화의 중심에는 미스즈서방이 있었다. 그렇다 해도 '열전'은 부담이 크다. 다음 내용은 내가 만났던 번역가들 몇몇의, 초상화라고도 하기 어려운 소묘에 지나지 않는다. '열전'에는 전혀 걸맞지 않지만 번역가들에게 바치는 작은 존경심이라고 이해해주면 좋겠다.

오쿠보 가즈오 / 1923~1975

오쿠보 가즈오 씨의 집은 우리 집에서 아주 가까운 곳에 있었다. 오다큐선의 지토세후나바시역에서 내려 조금 걷다가 왼쪽으로 가면 우리 집, 그대로 곧장 가서 밭을 지나 오른쪽으로 가면 오쿠보 씨의 집이다. 오쿠보 씨의 집은 일본 제일의 할머니 배우라 불렸던 기타바야시 다니에 씨의 소유였다. 두 집이 나란히 서 있었고 왼쪽이 기타바야시 씨, 오른쪽이 오쿠보 씨네 집이었다. 현관 앞뜰에는 자작나무가 서 있어서 마치 신극新劇[1]의 무대장치 같았다.

오쿠보 씨는 번역가로서 이미 『적과 흑』, 『레 미제라블』, 『몽테크리스토 백작』 등을 번역했고 그 가운데는 초역도 상당수 있었는데, 미스즈서방에서는 슈테판 츠바이크의 『체스 이야기』(1951년) 등 독일 소설을 주로 번역했다. 그러다가 1960년대부터 한 10년간은 마리안 베버의 『막스 베버』(1963~65년), 한나 아렌트의 『예루살렘의 아이히만』(1969년), 『전체주의의 기원』(1972~74년), 카를 슈미트의 『정

---

1 20세기 초 서구 근대극의 영향 아래서 전통적인 신파극에 대항하여 나타난 근대화, 서구화된 연극.

치적 낭만주의』(1970년) 등 미스즈서방의 핵심을 이루는 책, 이라기보다는 20세기를 대표하는 책을 잇달아 번역 출판했다. 번역된 지 반세기나 지난 21세기에 점점 더 널리 읽히는 기적과 같은 책들이다.

오쿠보 씨는 미스즈서방의 창업자 오비 도시토를 아주 일찍부터 알고 있던 사람으로, 서로 알게 된 지 얼마 되지 않았을 무렵 미스즈서방으로서는 대단히 소중한 저자인 로맹 롤랑을 비판적으로 논하는 글을 써서 물의를 일으켰다. 그 이야기는 오비 씨가 남긴 1951년의 일기(미야타 노보루의 『오비 도시토의 전후』에 수록)에도 언급되어 있다. 그 글(로맹 롤랑을 비판한 오쿠보 씨의 글)의 내용은 잘 모르지만 짐작은 간다. 오쿠보 씨는 오비 씨에게서 롤랑 신봉자의 설교 냄새가 코를 찌른다고 했다. 이에 대해 오비 씨는 나중에까지 불만을 터뜨리곤 했지만 오쿠보 씨도 물러설 마음이 없는 듯했다. 그래도 오쿠보 씨는 초기에 로맹 롤랑 같은 문학서를 출판하던 사람이 사회과학을 공부해서 이만큼의 책을 번역 출판했다며 오비 씨의 공부하는 태도를 몹시 칭찬했다. 이는 아마 오쿠보 씨 자신에 대해서도 할 수 있는 말인 것 같다.

그러나 오쿠보 씨는 미스즈서방에서 하는 번역만으로는

생계를 유지할 수 없어서 생활을 위해 부알로 나르스작 같은 프랑스 추리소설가의 작품도 번역했다. 그 책들을 낸 소겐추리문고(도쿄소겐샤)의 편집 담당자가 그의 부인이었다.

그는 어떤 경로로 번역가가 되었을까? 이제는 그것을 확인할 길이 없지만 들은 바로는 그의 어머니가 아테네 프랑세의 교사였던 야기 사와코 여사였다고 한다. 야기 사와코 여사는 알퐁스 도데의『월요일 이야기』를 하쿠스이샤에서 출판했는데, 오쿠보 씨 본인도 같은 책을 번역해 오분샤문고에서 출판했다. 어머니를 기념하기 위해서가 아니었을까? 그렇게 생각하고 오분샤문고판을 아마존에서 100엔 정도의 가격에 주문해서 살펴보았는데, 옮긴이 해설의 시작 부분에 야기 사와코가 번역한 알퐁스 도데의『꼬마 철학자』(이와나미문고)의 한 부분을 인용했을 뿐이었다.

오쿠보 씨는 독일학협회학교(독협) 출신으로 게이오대학 문학부를 중퇴했다. 그가 한나 아렌트의『전체주의의 기원』을 번역하던 시기에 들었던 이야기로는 독협의 중학생 시절 히틀러 유겐트의 학교를 방문한 일이 있다고 했다. 프랑스어 교사였던 어머니의 영향 때문이었는지, 도데의「마지막 수업」의 영향 때문이었는지는 알 수 없지만, 그는 나치즘에 반감을 품은 상당히 조숙한 소년이었던 모양이다. 이 이야기를 듣고 조사해보니 독협 관계자 가운데 당시의 일들을 자료를 가지고 상세히 써둔 사람이 있었다. 그 논문을 읽어보니 대단히 흥미로웠다. 이 사건은 전후 일부 사람들에게 학원사의 오점으로 여겨졌던 듯하다. 오쿠보 씨에게 『전체주의의 기원』은 과거의 이야기가 아니라 동시대의 이야기였다.

　『전체주의의 기원』의 번역은 두 명의 여성과 관련이 있다. 한 사람은 가케가와 도미코 씨. 마루야마 마사오 선생과 가까운 분으로 하버드대학의 로버트 벨라에게서 배우고 귀국하여 미스즈서방에 이 책의 번역을 강력히 권했다. 이 사실은 최근 간행된 『오비 도시토 일지 1965~1985』에서 알게 되었다. 당초에는 가케가와 씨가 제3권 '전체주의'를 직접 번역하고 해설도 쓸 예정이었다. 초판 제1권에 오쿠보 씨가 쓴 「옮긴이 후기」(신판에는 없지만)에는 "이 특이한 사상가와 오랫동안 친숙하게 지내온 가케가와 여사의 고견을 기대한다"라고 쓰여 있었지만, 결국 그 글은 쓰이지 않았고 독자가 읽을 기회도 없었다.

　또 한 여성은 오쿠보 씨 부인의 도쿄여자대학 동급생 오시마 가오리 씨이다. 제2권 '제국주의'의 번역은 나치 재정에 관한 전문가인 오시마 미치요시와 오시마 가오리 부부의 공동 번역이고, 제3권은 오쿠보 씨와 오시마 가오리 씨가 함께 번역하는 형태가 되었다. 오시마 씨를 오쿠보 씨 댁에서 처음 소개받았을 때의 일은 지금도 선명하게 기억하고 있다. 아주 늦은 오후, 어슴푸레한 빛을 받으며 앉아 있던 오시마 씨는 온화하지만 엄격한 분이라는 느낌이 들었다. 그 첫인상이 틀리지 않았음은 일하는 과정에서 잘 알게 되었다. 후에 미하엘 엔데의 『모모』를 비롯해 훌륭한 번역을 많이 한 오시마 씨이지만 그 첫걸음은 오쿠보 씨 아래에서 내디뎠던 것이다.

오쿠보 씨의 처남은 폴란드사 전문가인 반도 히로시 씨였다. 『전체주의의 기원』을 번역하기 위해서는 동유럽 역사에 관한 지식을 빼놓을 수 없는데, 아직 그 분야 지식이 보잘것없는 수준이었던 당시 일본에서 처남의 도움은 매우 귀중했을 것이다. 다만 헝가리혁명 때인지, '프라하의 봄' 때인지 반도 씨가 소련군의 개입을 지지한다고 하여 오쿠보 씨는 몹시 불쾌해했다.

오쿠보 씨 부인의 이야기로는 오쿠보 씨는 미스즈서방의

일을 할 때 가장 즐거워 보였다고 한다. "번역가는 자비로 여러 가지 사전을 수집해 가까이 두어야 한다, 사전 하나로는 충분하지 않다, 전부 다 필요하다"라면서 사전에 둘러싸여 있는 오쿠보 씨는 행복해 보였다. 그 사전들 가운데는 십수 권짜리 그림 형제의 『독일어사전』까지 있었던 것으로 기억한다.

미스즈서방의 책을 번역할 때 오쿠보 씨는 스스로 번역가의 사명을 느끼고 있음을 뚜렷하게 보여주었다. 번역서는 남지만, 번역가의 이름은 남지 않는다. 『막스 베버』의 옮긴이 후기에는 이렇게 쓰여 있다.

"이 책이 단순히 사회과학 전공자뿐만 아니라 더 광범위한 독자층에 읽히기를 희망한다. 모든 독자는 틀림없이 이 책에서 각자의 관심에 따라 많은 부를 얻을 수 있을 것이다."

이후에 오쿠보 씨가 번역한 아렌트도 슈미트도 모두 그 희망대로 전문가의 범위를 넘어, 장르를 넘어 독자에게 널리 수용되었다. 번역서가 널리 읽히며 그 힘을 발휘하는 것을 보고 있으면 편집자는 그 책을 번역한 사람의 모습도 생생하게 떠올리게 된다. 그들은 번역서 안에 편집자와 함께 살아 있다.

그날은 갑자기 찾아왔다. 1975년 1월 20일, 추운 날이었다. 오쿠보 씨가 돌아가셨다. 오시마 씨에게서 부음을 전해 듣고 오쿠보 씨 자택과 가까운 세다가야중앙병원으로 달려갔다. 조촐한 병실은 부인과 오시마 씨와 나 세 명이 들어가자 꽉 찬 느낌이었다. 51세, 너무도 빨리 다가온 죽음이었다. 그 2주일쯤 전에 신년 인사차 찾아뵈었을 때는 고등학교를 졸업한 따님이 파리의 프랑스국립음악원으로 유학을 가게 되었다며 기뻐했었다.

그로부터 반세기 가까운 세월이 흘렀다. 따님은 그 후 바이올리니스트가 되어 유럽의 오케스트라에서 활약하고 있다고 들었다.

오쿠보 가즈오 씨는 한 번도 외국에 가본 적이 없다.

[첨언] 오시마 가오리·미치요시 부부가 독일에 유학하던 당시 이웃집 아들이었던 볼프강 자이페르트는 후에 하이델베르크 대학의 동료 볼프강 샤모니와 함께 마루야마 마사오의 『일본의 사상』을 독일어로 번역한 『Denken in Japan』을 출판했다.

나카노 요시유키 / 1931~

나카노 요시유키는 영문학자인 나카노 요시오의 아들이다. 도쿄대학 교수였던 아버지 요시오는 동료 슈무타 나쓰오를 아들 요시유키의 가정교사로 모셨다. 슈무타는 18세기 영문학 전문가이자, 로런스 스턴의 『신사 트리스트럼 샌디의 인생과 생각 이야기』, 조지 메러디스의 『에고이스트』, 헨리 필딩의 『업둥이 톰 존스 이야기』의 번역가이다. 들어보니 슈무타 말고도 한 사람 더, 찰스 램이나 토머스 페인의 번역가로 미국 문학 전공자인 니시카와 마사미도 가정교사로 모셨다고 하니 정말 대단하다.

요시오는 만년에 에드워드 기번의 『로마제국 쇠망사』 번역을 시작했다. 하지만 중도에 돌아가시고 말았다. 그의 뒤를 이어 번역한 사람이 슈무타이다. 그러나 슈무타도 2년 정도 후에 죽고, 또 그 뒤를 이은 이가 요시유키이다. 말하자면 가정교사와 그 생도가 완성한 것이다. 게다가 요시유키는 『로마제국 쇠망사』 완결 직후에 『기번 자서전』(지쿠마 학예문고)도 번역 출판했다. 이렇게만 보면 요시오와 요시유키는 아버지와 효심 지극한 아들의 표본처럼 대단히 사이가 좋아 보이지만, 완전히 그 반대로 한때 의절한 적도 있다.

마음 깊은 곳까지는 알 수 없지만 표면적으로는 그랬다.

나카노 요시오는 문화훈장도 받은 시인이자 영문학자인 도이 반스이의 딸과 결혼했다. 그 사이에서 태어난 이가 요시유키이다. 이런 관계가 불화의 연원이 되었는데, 그에 대해서는 여기서 이야기하지 않겠다. 반스이는 영어판 중역이기는 했지만 호메로스의 『일리아스』, 『오디세이아』의 뛰어난 번역가로도 알려져 있다. 이렇게 보면 영문학자 일가로서 3대에 걸쳐 상대를 바꿔가며 번역의 길에서 계속해서 춤추고 있는 모습을 보는 듯한 기분이다. 약간 고풍스럽게 보이는 요시유키의 문체는 어쩌면 18세기 영국의 문장뿐 아니라 조부의 격조를 이어받은 것인지도 모르겠다.

요시유키 씨와는 『에드먼드 버크 저작집』 기획 건으로 다른 번역가인 한자와 다카마로, 사사키 다케시와 함께 처음 만났다. 그때 이미 그는 에른스트 카시러의 『계몽주의 철학』, 레슬리 스티븐의 『18세기 영국 사상사』 등을 번역한 뒤였다.

카시러의 책은 많은 사람들이 이미 넘어선 사상이라고 여겼던 계몽주의에 대해 과연 정말로 넘어섰을까라고 되물으며 18세기 계몽주의의 '밝은 거울'을 현대 비판의 거울로

자리매김한 책이다. 요시유키 씨의 번역 작업은 그 후에도 일관되게 그 길을 걸어갔다고 말해도 좋을 것이다.

레슬리 스티븐도 그 노선에 있었다. 이 책에 대해서는 나쓰메 소세키의 『문학 평론』 첫 장에 소개되었다. 나는 레슬리 스티븐이 『영국 인명사전』의 편집주간이자, 버지니아 울프의 아버지이며, 『등대로』에 등장하는 램지 박사는 딸이 본 그의 이미지였음을 그때 처음 알았다. 요시유키 씨는 이와나미서점의 편집과 홍보 일도 했으므로 무지한 나를 대신해 『에드먼드 버크 저작집』의 간행사 집필도 부탁했다. 정말 훌륭한 문장이었다. 보수주의의 바이블이라고 불리던 이 책과 저자의 사상이 그전까지 이데올로기 과잉이었던 일본에 얼마나 필요한가를 뜨겁게 이야기하고 있었다. 거기에는 혁신 진영에 속했던 아버지에 대한 비평도 포함되어 있음이 틀림없다.

에드번드 버크의 저작집 가운데 「내용 견본」에는 마찬가지로 18세기 영국에 큰 관심을 가진 사람이자 과거의 가정교사였던 슈무타 나쓰오의 추천사도 함께 실려 있었다. 『에드먼드 버크 저작집』에서 요시유키 씨는 『프랑스혁명에 관한 성찰』을 제외한 버크 저작의 대부분을 번역했다. 미스즈에서 출간하지 못한 버크의 책들은 후에 호세이대학출판국에서 출간되었고, 『프랑스혁명에 관한 성찰』도 이와나미문고에서 번역했으니 버크의 모든 책을 요시유키 씨 혼자서 번역했다고 해도 과언이 아니다. 생각해보면 그의 가정교사였던 니시카와 마사미는 토머스 페인의 『인간의 권리』를 번역했다. 이 책은 버크의 『프랑스혁명에 관한 성찰』을 반박하는 텍스트라 둘을 세트로 묶어 교과서로 삼기도 한다. 사제 간의 불가사의한 인연이라고 할 만하다.

번역 일을 하던 중에 짬을 내서 나누던 이야기도 즐거웠다. '담론풍발談論風發'[2]이 바로 이런 것인가 생각할 정도였다. 일본에 버크를 처음 소개한 가네코 겐타로에 대하여, 혹은 황국사관을 설파했던 히라이즈미 기요시의 에드먼드 버크 연구에 대하여 등등 모든 이야기가 어딘가 속세를 떠난 것 같은 느낌이었다. 요시유키 씨가 말하는 배경에는 이미 잊힌 사상으로 동시대를 날카롭게 꿰뚫는 비판 정신이 있다는 것을 매우 강하게 느꼈다. 그리고 요시유키 씨는 그와 같은 담론을 나누는 자리에 대해서도 자기만의 고집이 있어서

2 담화나 의논이 활발하게 이루어지다.

꼭 우에노의 갯장어집이나 이즈미다마가와의 민물고기 요릿집이어야 했다.

이와나미서점에서 있었던 일화를 들은 적이 있다. 요시유키 자신이 젊은 시절에 스피노자 전문 연구자가 되겠다고 생각한 적도 있고, 하타나카 나오시의 스피노자 번역에 크나큰 경의를 표한 일도 있다고 한다. 이 내용은 모두 이와나미문고에 수록되어 있다.

에드먼드 버크 다음으로는 무엇을 해야 할까? 일본의 영국학은 이미 역사가 100년이 넘었다. 그중에서 빠진 것은 무엇일까? 제임스 보즈웰의 『새뮤얼 존슨 전기』 완역일 거라 생각하고 그에 대한 도전을 시작했다. 처음에 요시유키 씨는 주저하는 것처럼도 보였다. 나의 좁은 식견으로는 새뮤얼 존슨 박사가 영국 문인의 전형이라 할 만한 인물이고, 보즈웰이 쓴 그의 전기는 전기 문학의 걸작이며, 존슨 박사의 명언인 "애국심은 무뢰한들의 최후의 피난처", "지옥으로 가는 길에는 선의가 빈틈없이 깔려 있다" 같은 말들은 영국의 성숙한 지혜의 결정이라는 사실 정도만 알 뿐이었다. 번역에 대해서는 그저 편하게 생각하고 있었다. 그러나 그것은 안이한 생각이었다. 완역되지 않은 데는 그만한 이유가 있었다. "잘 산 인생life이 드물듯 잘 쓰인 전기life도 드물다"라는 말도 있지만, 『새뮤얼 존슨 전기』는 18세기 영국을 배경으로 존슨 박사의 정치, 종교, 교육, 사회에 대한 의견을 전부 기록했다. 그 기록은 '보즈웰류의Boswellian'라는 형용사가 만들어질 정도로 충실해서 『18세기 영국 사상사』를 번역한 사람이 보기에도 어설픈 지식으로는 감당할 수 없는 일이었다.

그때 등장한 사람이 게이오대학의 가이호 마사오 교수이다. 이와나미소년문고의 『보물섬』, 『로빈슨 크루소』를 새로 번역하기도 했던 가이호 교수의 18세기 영국에 관한 해박한 지식에 경탄했다. 도이 반스이의 유산 상속인이기도 했던 요시유키 씨는 영국 전환기의 여러 문제에 대한 존슨 박사의 언급 중에서도 특히 상속이나 저작권 등에 대해 아주큰 관심이 있었다. 그래서인지 재산을 둘러싼 문제에 대한옮긴이 주는 이례적으로 상세했다. 이는 모두 가이호 교수덕분이다. 그랬던 가이호 교수도 2003년 『로빈손 크루소』완역이 막 끝나가던 무렵에 급서했다.

요시유키 씨가 『새뮤얼 존슨 전기』를 얼마나 깊이 이해했는지는 의외의 곳에서 드러났다. 보통은 책의 각 쪽마다 본

문 바깥 여백에 '하시라株'라고 부르는 것이 붙어 있고, 여기에는 각 장의 제목, 쪽수 등이 작은 활자로 적혀 있다. 그러나 일본어 번역본으로 전 3권 1500쪽에 이르는 이 전기에는 전권을 통틀어 장 구분이 없다. 그래서 요시유키 씨는 짝수 쪽의 하시라에 그 앞뒤 내용을 담은 표제어를 붙였다. 이런 유례없는 시도를 알아차린 독자가 (몇 명인가 있긴 했지만) 매우 적었기에 여기에 한마디 덧붙여둔다.

번역가와 나 두 사람(이라고 해도 좋을 것이다)의 관심은 전기의 주인공인 새뮤얼 존슨만큼이나 작가인 보즈웰에게로도 향했다. 보즈웰이 흥미로운 인물임을 발견한 것은 비교적 최근이다. 그는 스코틀랜드 애플렉의 영주로 귀족이었지만 그 지역이나 일족 사람들 사이에서는 문인과 같은 천한 사람에게 따라다니는 게으름뱅이라는 딱지가 붙어 있었다. 그러다가 최근의 가치관 변화와 함께 정반대의 평가가 이루어진 것이다. 그는 『새뮤얼 존슨 전기』뿐 아니라 자신의 사생활을 적나라하게 고백한 방대한 일기를 남겼다. 개성 있는 근대인이었던 것이다. 그가 남긴 문서는 역사가 로런스 스톤의 명저 『가족·성·결혼의 사회사-1500~1800년의 영국』(게이소서방)에도 많은 자료를 제공했다. 특히 11장 「신사다운 성 행동」에 풍부하게 사용되었다. 보즈웰 문서를 소실의 위기에서 구한 사람들의 이야기는『애플렉의 보물』이라는 책에 쓰여 있는데 전율이 일 정도다. 최초의 발견은 현지 빵집의 포장지로 사용된 일기 조각에서 재미를 느낀 한 사람에 의한 것이었다. 휴지 조각처럼 버려질 운명에서 벗어난 보즈웰 문서는 지금은 예일대학에 소장되어 있다.

요시유키 씨는 몇 번인가 애플렉에서 열린 보즈웰협회 연차총회에 출석했다. 그때 내 이름도 회원으로 등록해주신 덕분에 이후 몇 년간 소박하게 만든 연차총회와 만찬 초대장이 왔다. 이후 회비를 내지 않아서인지 얼마 전에 초대장도 끊겼다. 나중에 사람들이 이 명부에 있는 일본인은 누굴까, "Who is Kato?"라며 화제로 삼을 것을 상상하니 즐겁다.

최근에 요시유키 씨에게서 받은 엽서 말미에 이렇게 쓰여 있었다.

"학형의 도움으로 겉보기로는 학자로서 체면을 차릴 수 있었습니다! 가면이 벗겨져가는 것을 느끼면서."

그럴 일은 없는데, 본인은 마음속 깊이 그렇게 생각하고 있나 보다.

마지막으로『피에르 벨 저작집』(호세이대학출판국)을 혼자서 번역한 노자와 교 씨에게 바친 요시유키 씨의 추도문을 보여드리겠다. 번역가가 번역가에게 바치는 글이다.

"나는 생전의 노자와 교 씨에게 한없는 경애의 마음을 품고 있었습니다. 소식을 들으니 나의 저서 중 일부가 노자와 씨의 '엄밀하고 치밀한 저술군'과 나란히 책상 위에 있었다고 합니다. 이것만으로도 나는 분에 넘치게 환한 마음이 되었습니다. 나는 그의 번역 문체를 곁눈질로 배우면서 부실하기 짝이 없는 나만의 비술로 그것을 아무렇게나 무너뜨리고 말았구나 실감하고 있습니다."

이것이 그 전문이다.

마쓰우라 다카미네 / 1923~2010

세련된 분이다. 조지 트리벨리언의 『영국 사회사』의 번역가로 만난 첫인상은 '영국 신사'였다. 해적 전문 연구자였던 벳시 다쓰오 선생이나 리처드 토니의 『종교와 자본주의의 흥륭』(이와나미문고)을 번역한 오치 다케토미 선생 등 당시의 영국사 선생들에게 공통적으로 나타났던 분위기이다. 앨비언Albion[3] 클럽의 향기라고 해도 좋을 것이다. 벳시 선생처럼 코담배를 애호하는 사람을 처음 보았는데(그 후에도 보지 못했다), 그 모습이 너무나도 신사다웠다. 오치 선생의 가모가오 천변 자택은 교토인데도 왠지 영국 같았다. 이것이 바로 선입견이라는 것일까? 2010년 가을, 릿쿄대학에서 마쓰우라 씨의 추도회가 열렸을 때 한 여성 연사가 "설레었다"라고 고백했을 정도로 마쓰우라 씨는 세련된 사람이었다.

이 추도회의 백미는 1969년의 '학생 반란'[4] 당시 책임자이자 릿쿄대학 문학부장 대리였던 마쓰우라 씨가 얼마나 그 책무를 다했던가를 들려준 와타나베 가즈타미 교수의 스피치, 아니 깔끔한 강연이었다. 마쓰우라 씨는 말 그대로 릿쿄대학 문학부를 구한 사람이었다. 릿쿄대학은 대학과 학생 측이 합의에 도달한, 전국에서 지극히 드문 사례였다고 할 수 있다. 그로부터 2년 후인 1971년에 트리벨리언의『영국 사회사』1권이 간행되었다. '학생 반란'의 와중에도 번역 작업은 계속되었던 것이다.

마쓰우라 씨는 스스로를 '영학英學 학생'이라고 자주 불렀는데 그것이 참 잘 어울렸다. 그의 조부는 크리스천이었

---

3 과거 영국이나 잉글랜드를 가리키던 말.
4 1968~69년 일본 대학가에서 크게 일어난 학생운동으로 각 대학마다 전학공투회의(전공투)가 조직되어 학교 측과 격렬히 대립했다.

던 이와모토 요시하루이고, 조모인 와카마쓰 시즈코는 펠리스여학원[5]의 교사로 프랜시스 버넷의『소공자』,『소공녀』를 번역하여 일세를 풍미했다.

그러나 마쓰우라 씨가 '영학 학생'으로서 가장 큰 영향을 받은 사람은 아버지 마쓰우라 가이치였다. 마쓰우라 가이치는 구제고등학교旧制高等学校[6]의 영어 교사로 존 던 전문가이며 아리스토텔레스의『시학』(이와나미문고)을 번역하기도 했다. 마쓰우라 씨의 '영학 입문'은 구제중학교 4, 5학년 무렵에 아버지의 주저서인『영국을 보다-1930년대의 서양 사정』(1940년)의 교정을 보면서 영일 양국 군주제의 차이를 강하게 의식했을 때부터 시작되었다.

전쟁에서 복귀한 후 신제대학新制大學[7] 학생이 된 마쓰우

5 1870년 미국의 선교사 메리 키더가 요코하마 지역에 설립한 학교로 주로 영어를 가르쳤다.
6 메이지 시대부터 쇼와 시대 전기에 걸쳐 운영되었던 고등교육 기관. 제국대학을 중심으로 하는 관공립 구제대학 학부에 진학하기 위한 예비 교육(현재의 대학 교양 과정)을 남자에게만 실시했다.
7 학제 개혁으로 학교교육법이 시행되면서 이전의 제국대학령이나 대학령 등에 의한 대학은 구제대학으로 불리게 되었다. 전쟁 전의 구제대학, 구제고등학교 등이 4년제 신제대학으로 재편되었다.

라 씨는 그 무렵 아버지가 번역하고 있던 존 로크의 『통치론』의 제2논문 「시민정부의 진정한 기원·한계·목적에 관한 논문」의 초벌 번역을 맡았다. 그는 "풋내기의 역량을 훌쩍 넘어선 대작업이었지만, 영국형 민주주의를 로크의 문장 하나하나를 통해 탐색할 수 있었던 것은 나 자신의 사상 형성에 더할 나위 없이 중요한 경험이었다"라고 훗날 회상했다. 번역 작업은 원문을 보다 깊이 이해할 수 있게 해주는 효용성도 있다. 마쓰우라 씨 이야기로는 그의 아버지는 패전 직후 진주군에 불려갔다가 금세 돌아왔다고 하는데, 아마도 아버지의 영어가 말로 묻거나 대화하는 데는 그다지 도움이 되지 않았던 것 같다며 웃었다.

여하튼 트리벨리언의 『영국 사회사』 제2권이 나온 것은 1983년이니 완간까지 12년이 소요된 대장정이었다. 「후기」에도 제반 사정으로 인해 늦어졌다는 이야기가 나오는데, 문학부장으로서 고생스럽기가 그지없는 제반 사정('O 조교 사건'[8]이라고 해도 이제 아는 사람도 없을 것이다)에 직면한 것에

---

8 1973년 릿쿄대학 문학부의 조교수 오바 히로요시가 불륜 관계이던 제자가 임신 사실을 알리자 살해한 사건.

는 동정을 금할 수 없었다. 아무리 편집자에게 동정은 금물이라 하더라도 말이다. 마쓰우라 씨는 릿쿄대학 문학부를 두 번 구했다고 해도 과언이 아니다.

제2권이 나오기까지 나는 팔짱만 끼고 있지 않고 한편으로 트리벨리언의 『영국사』 전 3권을 1973년부터 1975년까지 매년 한 권씩 간행하였고, 1978년에는 같은 저자의 『잉글랜드 혁명』을 마쓰무라 다케시의 번역으로 출판하였다. 완전히 트리벨리언에 푹 빠져 지낸 나날이었다. 그렇지만 트리벨리언의 정통 휘그Whig 사관[9]은 이미 비판을 받고 있었다. 에릭 홉스봄이 '전체사'의 입장에서 본다면 '(정치사를 제외한) 잔여사로서의 사회사'라고 험담을 하긴 했지만, 영국사의 시인이라고 불리는 사람의 걸작은 어떻게든 완결지어야 했다. 도쿄여자대학의 이마이 히로시 씨에게 『영국 사회사』 2권의 공역을 부탁했다. 그 외에 존슨 박사 시대의 잉글랜드 부분은 나카노 요시유키 씨에게, 빅토리아 왕조 쪽은 마쓰오카 겐지 씨에게 도움을 받았다.

---

9 '영국의 역사는 입헌군주제, 의회민주주의, 과학의 진보를 향한 걸음이었다'와 같은 식으로 역사를 어두운 과거에서 영광스러운 현재로 발전해가는 여정으로 보는 관점이다.

때때로 원고를 독촉하기 위해 아자부의 국제문화회관을 방문했다. 거기에는 외국에서 온 학자, 연구자 투숙객을 위해 사전과 참고서를 갖춘 도서관이 있었다. 마쓰우라 씨는 그곳을 작업장으로 삼고 있었다. 내가 삐딱하게 본 걸까? 야마카와출판사의 『세계사 대연표』작업을 우선하는 것처럼 보였다. 그래도 자리를 옮겨 이마이 히로시 씨까지 합류해 함께 정원을 바라보며 마시던 맥주는 아주 맛있었다. 원고가 거의 완성되어가던 때 마시는 맥주는 각별히 맛이 있었다. 그때 이마이 씨가 최근 미스즈서방에서 나온 『속·현대사 자료(6)-군사경찰』에 '고스톱 사건'[10]에 관한 자료가 들어 있을 거라는 말을 했다. 1933년 오사카에서 병사가 교통신호를 무시한 것이 발단이 되어 군과 경찰의 대립으로 치닫고, 군부의 횡포가 현저해진 상징적 사건이다. 이마이 씨의 아버지는 그때 오사카부 경찰부장이었던 아와야 센키치

10 1933년 6월 17일 오사카시 기타구의 덴로쿠 교차로에서 일본제국 육군 병사가 적신호를 무시하고 길을 건너다 경찰에 연행되었다. 이 병사가 "군인은 헌병의 명령은 따를 수 있지만 경찰의 명령에는 복종할 필요가 없다"라고 말하며 주먹 다툼을 벌인 것이 발단이 되어 군과 경찰이 대립하게 되었다. 여기서 '고스톱'은 신호등을 가리킨다.

휘하에 있었던 모양이다. 그 바람에 징병되어 격전지로 보내졌고, 후에 도조 히데키는 집념이 강한 사람이라는 이야기를 하곤 했다고 한다. 그러고 보니 이마이 씨는 오사카부 출신이었다. 두 '영학 학생'에게는 이렇게 각자의 전시 체험이 있었다.

영국사의 시인이라고 불리는 사람의 책이 시적 향기가 가득한 일본어로 번역된 것은 세련된 마쓰우라 씨 덕분이었다고 생각한다.

고바야시 히데오 / 1903~1978

소쉬르의 『일반 언어학 강의』의 세계 최초의 외국어 번역서는 1928년에 나온 일본어판이다. 20세기 후반의 사상에 큰 영향을 미친 이 책이 세계에서 가장 먼저 번역된 것은 일본 번역 문화의 높은 수준을 보여주는 일로 기억되어도 좋다. 그 책을 번역한 사람이 바로 도쿄제국대학 언어학과를 막 졸업한 고바야시 히데오였다. 이듬해에 그는 경성제국대학에 부임하여 소쉬르에 비판적인 국어국문학과의 도키에다 모토키와 동료가 된다.

내가 기요세에 있던 고바야시 히데오의 집을 방문한 시

기는 1970년대 전반이었다. 『고바야시 히데오 저작집』을 기획했던 산세이도가 사정이 생겨 출간을 포기하고 그것을 미스즈서방이 인수했던 것이다. 그래서 이 책은 미스즈서방으로서는 드물게 산세이도 책을 인쇄하는 하치오지 공장에서 인쇄했다.

그런 사정도 있어서 작업이 거의 마무리되어 인쇄만 남은 시점에 나타난 편집자를 보고 고바야시 씨는 조금 당황한 듯했다. 그런 태도가 바뀌었구나 하고 느낀 순간이 있다. 의미론Semantics의 새 분야를 개척한 미셸 브레알 이야기를 나누던 중에 내가 "로맹 롤랑의 장인이지요"라고 했을 때였다. 고바야시 씨가 벌떡 일어나 무언가를 찾으러 갔다가 돌아와서는 "정말이네"라더니 오도카니 서 있었다. 로맹 롤랑을 출간한 출판사의 편집자라는 게 행운인 순간이었다. 내친 김에 브레알은 사위가 훌륭한 음악학자가 될 거라 생각했는데 소설을 쓰기 시작해 낙담했다는 이야기도 덧붙였다. 고바야시 씨가 다른 사람들에게 "가토 군은 뭔가 잘 안다"라는 말을 흘렸다고 하는데, 실상은 전혀 그렇지 않았지만 그때부터 그에게 여러 가지 이야기를 듣는 기회를 얻을 수 있었다.

내가 관여한 고바야시 씨의 번역서로는 카를 포슬러의 『언어 미학』과 『20세기 언어학 논집』이 있다(둘 다 고바야시 씨가 돌아가신 후에 출판되었다. 그 외에 미스즈서방에서는 고바야시 씨의 번역으로 앙리 프라이의 『오용의 문법』을 출간했다). 언어 미학, 문체론은 고바야시 씨의 전문 분야이기도 하고, 그가 포슬러에게 남다른 경의를 표하고 있음을 느낄 수 있었다. 포슬러가 독일을 대표하는 로망스어학[11] 연구자이고, 베네데토 크로체를 사숙하여 50년에 걸쳐 그와 왕복 서한을 교환한 덕분에 크로체의 저작 대부분이 독일어로 번역되었다는 사실, 단테의 『신곡』에 대한 크로체의 논의가 매우 훌륭하다는 것 등등 고바야시 씨가 해주는 이야기는 언제나 완전한 미지의 세계를 열어 보여주었다. 아울러 또 한 사람, 고바야시 씨가 존경했던 오스트리아의 대표적인 로망스어학 연구자 레오 슈피처가 나치에 쫓기다 미국의 존스홉킨스대학으로 옮겨 갔는데 그곳의 수준이 낮아서 당황했다던 이야기도 재미있었다. 미스즈서방에서 낸 『망명의 현대사』 시리

---

11 프랑스어, 스페인어, 이탈리아어 등 라틴어, 정확하게는 속俗라틴어에서 변화해온 언어를 대상으로 하는 학문.

즈 제5권 『미국의 두 로망스어학자-슈피처와 아우어바흐』에는 그 주변 이야기가 실려 있다. 고바야시 씨의 말을 빌리면, 그들은 천재였고 그들의 말을 듣다 보면 모르는 부분도 있어서 다른 사람들이 알 수 있도록 전하는 것이 자신과 같은 범재의 역할이라고 했다.

이 두 사람에 뒤지지 않을 만큼 고바야시 씨도 이탈리아에 경도된 사람이었다. 가장 애용한 백과사전은 철학자 조반니 젠틸레가 편집장이 되어 세계 일류 집필자를 모아 출간한 『이탈리아나』였다. 툭 하면 이 사전을 찾아보며 "무솔리니는 대단한 저널리스트야!"라고 칭찬했다. 파시스트 시대의 성과로 인정했던 또 하나의 책이 국정판 『갈릴레오 갈릴레이 전집』이다. 간다의 이탈리아 서점에서 실물을 보았는데 크고 멋진 가죽 장정을 한 책이었다.

고바야시 씨의 이탈리아어 번역본으로는 NHK가 편집한 『오페라 대역 선서』 몇 권이 있다. 1950년대부터 1970년대까지 8회에 걸쳐 〈NHK 이탈리아 가극단 공연〉이라는 것이 개최되었는데, 오페라 십자군의 상륙이라 불릴 정도로 일본의 음악사, 방송사에서 획기적인 사건이었다. 고바야시 씨는 제5회부터 매회 그 공연 목록 가운데 한 작품을 번역했다. 〈돈 조반니〉, 〈시몬 보카네그라〉, 〈아이다〉, 〈세비야의 이발사〉, 〈돈 카를로〉 등 이 역사적인 쾌거에 번역이라는 형태로 참가했던 것이다. 그는 요코하마의 항구에 도착한 대도구, 소도구, 의장 등을 본다며 열정적으로 달려가곤 했다. 오페라 대사는 조금 옛말이기에 무엇을 가리키는지 실물로 확인해야 하는 경우가 있기 때문이라고 했다.

『고바야시 히데오 저작집』이 끝나고, 고바야시 씨의 시집을 만들었다.『담채시편淡彩詩編』이라는, 프랑스 장정[12]을 한 매우 멋스러운 책이다. 이 책은 덤이라고 생각했지만, 전혀 그렇지 않았다. 머리말에 이렇게 쓰여 있다.

"솜씨가 좋고 나쁨, 형식이 새롭고 낡음은 묻지 않는다. 여하튼 시라는 장르는 나의 성장, 그리고 나의 생명에 본질적인 의미를 가지고 있다. 내가 체득한 시학Ars Poetica은 직접적으로는 외국 문학이나 오페라의 번역 출판 등에, 간접적으로는 모든 문학 작업에 큰 도움이 되었다."

그 시학의 살아 있는 증거를 고바야시 씨의 최후의 번역 루이스 드 카몽이스의『우스 루지아다스(루시타니아의 사람

---

12 책장을 접은 채 재단하지 않고 종이 표지만 씌워 칼로 잘라 가면서 읽는다.

들)』(이와나미서점)에서 볼 수 있다. 포르투갈어 전문가인 이케가미 미네오, 오카무라 다키코와 함께 번역했다. 마카오의 중심부에는 카몽이스 광장이 있는데, 바로 이 포르투갈의 국민 서사시 작가 루이스 드 카몽이스와 연관된 이름이다. 이 장편 서사시가 인도의 고아에서 마카오로 흘러 들어온 시인에 의해 쓰이기 시작했고, 그 덕분에 마카오가 세계 문학사상 명소가 된 것을 기념하는 것이다. 카몽이스에 대해서는 신무라 이즈루가 쓴 「남풍 – 극동으로 유배된 시인 카몽이스를 기리다」라는 아름다운 글이 있다. 바스코 다 가마의 항해를 그린 이 대서사시는 라틴어가 아니라 루시타니아(포르투갈의 옛 이름)어로 쓰였다. 불우한 운명을 살았던 시인은 많지만 카몽이스만큼 기구한 사람은 또 없을 것이다. 이 시인은 시를 짓는 재능도 출중했지만 무용武勇도 뛰어나 전장에서 몇 번이나 목숨을 잃을 뻔했고, 결국 전투에서 한쪽 눈을 잃고 말았다.

『우스 루지아다스』의 일본어 번역도 시인의 생애만큼은 아니지만 기구한 운명을 맞았다. 일본부인해외협회를 설립한 사람이기도 한 고바야시 씨의 어머니가 어느 날 포르투갈 공사관에 원조를 요청하러 갔다가 거절당했는데, 거기서

이 책『우스 루지아다스』를 건네받아 고바야시 소년에게 맡긴 일이 있었다고 한다. 고바야시 씨는 아마 번역을 끝내고 나서 어머니와의 약속을 지켰다는 기분이 들었을 것이다. 이 책의 번역본은 고바야시 씨가 돌아가시고 2주 후에 간행되었다.

이시가미 료헤이 / 1913~1982

이시가미 료헤이 씨와 미스즈서방의 인연은 매우 오래되었다. 이시가미 씨의 번역으로 존 스튜어트 밀의『학문의 이상』이 1948년에, 해럴드 래스키의『유럽 자유주의의 발생』이 1951년에 미스즈서방에서 출판되었다. 1970년대 초에 알레산드로 당트레브의『국가란 무엇인가』를 번역 출판하고자 이시가미 씨를 찾아가게 되었는데, 선배 편집자가 아무쪼록 실수를 하지 말라고 충고해주었다. 그렇게도 까다로운 분인가 걱정했지만, 그것은 기우였다. 이시가미 씨의 번역 업적 가운데 E. H. 카의『카를 마르크스』, 그레이엄 월러스의『정치에서의 인간성』, 에머리 네프의『칼라일과 밀-빅토리아 시대의 사상 연구 서설』에는 몹시 끌리는 부분이 있었고, 그중에서 몇 권인가 읽고 경의와 친근감을 품고 갔기에 첫 만남의 긴장감 없이 일을 마칠 수 있었던 것 같다.

이시가미 씨는 의외로 법학부가 아니라 도쿄제국대학 경제학부 출신으로 가와이 에이지로의 문하생이다. 코뮤니즘에도, 파시즘에도 엄격한 비판적 자세를 견지했던 은사 가와이 에이지로를 생각하면 그의 번역 이력을 납득할 수 있다. 이시가미 씨가 미스즈에서 낸 첫 번역서인 밀의 『학문의 이상』은 밀의 저서 목록에 없어서 조사해보니 '세인트앤드루스대학 취임 강연'을 번역한 것으로 내용은 교양 교육 liberal education의 문제를 다루는 '대학 교육의 이상'에 대한 것이었다. 가와이 에이지로 교수의 장서 중에 있던 것을 번역했다고 한다. 니혼효론샤에서 간행한 학생총서(『학생과 생활』, 『학생과 독서』 등이 패전 전에 많이 팔렸다)의 엮은이였던 가와이 교수다운 장서이다.

이시가미 씨는 패전 후 곧바로 은사의 만년 유고와 일기를 모아 『오로지 한 길』이라는 책을 편집했다. 1948년에 니혼효론샤에서 나왔는데, 변변치 않은 선화지[13]에 인쇄된

13 닥나무로 만들어 두껍고 질기며 색이 누르스름한 종이.

문자는 지금은 읽기가 어렵고, 책등에 새겨진 제목도 판독할 수가 없다. 이 책의 「해설」에 2·26사건[14]이 일어난 날 (1936년)의 은사의 모습이 묘사되어 있다. 가와이 교수가 "자네들은 이 사건을 어떻게 생각하는가?"라고 물었는데, 누구도 확실하게 대답을 못하자 크게 꾸짖었다. 사건에 격노하던 표정은 정말 대단했다고 한다. 이 정신을 이어받아 이시가미 씨는 영국 사회사상사 연구자로서, 번역가로서 활약했다고 할 수 있다.

이시가미 씨의 번역 작업 마지막에 놓여 있는 것이 당트레브의 『국가란 무엇인가』이다. 당시에 당트레브라고 하면 일본에서는 구보 마사하타가 번역한 『자연법』으로 널리 알려져 있었다.

조금 옆길로 새지만 『자연법』의 번역가인 구보 마사하타 선생은 로마법 학자인데, 그 아들인 구보 아쓰히코 씨는 국제법을 전공하고 문화재 거래를 전문적으로 하고 있었다. 고고학 유적 순례를 취미로 하던 그와는 어느 재단의 일로

14 1936년 일본 육군 가운데 천황의 친정을 주장하는 황도파 청년 장교들이 일으킨 쿠데타.

튀르키예의 아나톨리아 지방을 함께 여행한 적이 있다. 일본의 아나톨리아고고학연구소의 자동차로 각지의 발굴 현장을 견학하기도 했는데, 지식이 풍부한 구보 씨는 좋았겠지만 무지한 내게는 좀 거북한 느낌을 주는 여행이었다. 그는 요즘 세상에 드문 천황제 폐지론자였다. 세금을 낭비한다는 것이 그 이유였다. 또한 부친이 하던 『살리카 법전』[15] 연구에 대해서도 아무런 도움이 되지 않는다며 비판적인 태도를 보였다. 독특한 청년 같은 사람이었다. 그는 여행에서 돌아온 지 1년여 후에 부친의 뒤를 따르듯이 췌장암으로 사망했다.

아무튼 일본에서는 현대 자연법 이론 일파의 대표자로 여겨진 당트레브이지만, 이시가미 씨는 그와 조금 다른 『국가란 무엇인가』에 끌려 당트레브가 마키아벨리 사상을 이해하는 방식에 흥미를 가지게 되었으며, 그로부터 일본의 당트레브 해석을 조금이라도 바꿔보겠다고 스스로 그 책을 번역하고 소개하는 일을 시도하기에 이르렀다. 그 「해설」에

---

15 프랑크족의 주요 종족인 살리카족의 법전. 유럽의 법체계에 많은 영향을 끼쳤다.

는 "저자가 1902년생 이탈리아인이라는 것을 독자는 이 책을 읽는 내내 염두에 두는 것이 좋을 것이다"라고 쓰여 있다. 이것은 무슨 뜻인가. 당트레브가 살았던 이탈리아의 역사를 상기하라는 의미이겠지만, 이시가미 씨도 1913년생의 일본인이자 2·26사건 때 학생이었다는 것을 의식하면서 이 책을 번역했다고 생각한다.

이 당트레브 번역본이 나온 이듬해, 아렌트의『폭력의 세기』가 미스즈서방에서 번역 출간되었다. 이 책에서 아렌트는 당트레브의『국가란 무엇인가』를 중요한 저서라고 말하며 "그는 내가 아는 한 폭력과 권력을 구별하는 일의 중요성을 아는 유일한 저술가이다"라고 했다. '정치 이론 서설'이라는 부제가 붙어 있는 당트레브의 이 책이 '실력, 권력, 권위'의 3부로 구성되어 있는 것을 보더라도 아렌트 말의 의미를 알 수 있다.

이 책이 나온 1972년은 나도 상당히 바쁘게, 열심히 일한 해였다. 1월에는 오모리 모토요시 씨 등이 번역한 에드워드 에번스-프리차드의『아프리카의 전통적 정치 대계』를 냈는데, 이 또한 매우 힘들었다. 2월에 낸 카를 슈미트의『현대 의회주의의 정신사적 지위』는 더욱 힘들었다. 7월에는 아렌트의 『전체주의의 기원』 제1권을, 11월에는 제2권을 출판하였다. 이 작업들 사이에 당트레브의 책을 낸 것인데, 예리한 칼날의 맛이 느껴지는 책들 속에서 이 책의 출간은 가냘픈 구원이기도 했다. 책의 서문에서 저자 자신이 말하듯이 "오래된 브랜디처럼, 고전을 혀 주위로 돌려가며 맛보는" 당트레브의 학풍으로 인한 것일 터이다. 거기에서 이탈리아인을 느꼈다.

1973년에는 『오규 소라이 전집』 제1권을 출간했는데, 아마 그것을 이시가미 씨 앞에서 화제로 삼은 적이 있었을 것이다. 언젠가 이시가미 씨는 시라야나기 슈코의 『민족 일본 역사』(지쿠라서방) 한 권을 들고 와서는 "이런 게 쓰여 있어"라면서 보여주었다. 전집의 내용 견본에도 채록된 다음 문장이 있었다.

"도쿠가와 씨 이후의 일본 사상사는 소라이에 정통하고 후쿠자와에 효달曉達하면, 그 사이는 뛰어넘어도 큰 지장이 없음이 분명하다. 적어도 일본 순수의 사상사를 배우려고 한다면 그것으로 충분하다."

마루야마 마사오 씨는 이 문장은 오비 도시토 씨한테 들었다고 했는데, 원래는 이시가미 씨에게서 나를 거쳐 오비 씨에게 전해진 것이다. 굳이 말할 필요는 없을지 모르지만, 이시가미 씨를 위해 한마디 해두고 싶었다.

나는 몰랐던 일인데, 이시가미 씨는 만년에 격심한 두통에 시달렸다. 그 일은 이시가미 씨가 히로코 부인과 공동으로 편집했던 야마지 아이잔의 『인생·생명이여 죄여』(가게서방)라는 책 「후기」에 기록되어 있다. 그 두통은 서양 글자를 읽고 있던 중에 찾아왔으니 서양 글자 탓이라고 믿어버린 이시가미 씨는 이후 일절 양서를 손에 들지 않게 되었다고 한다. 일본어를 읽지 않는 날은 있어도 서양 글자를 읽지 않는 날은 없었던 이시가미 씨가 말이다. 그러던 어느 날 책꽂이 한쪽에 방치되어 있던 야마지 아이잔의 책을 손에 들고 보니 읽을 수 있었던 것이다. 시라야나기 슈코는 '거리의 역사가'라 불리며 야마지 아이잔의 흐름을 잇는 역사론자로 활약했다. 이시가미 씨의 서가에 어느 날부턴가 아이잔의 책도 시라야나기의 책도 있었다고 나는 증언할 수 있다. 그가 이 두 사람의 재야 역사가와 친하다 해도 전혀 이상하지 않았다. 서양 문자의 번역가이면서 일본 옷도 잘 어울리는 이시가미 씨에게는 그것 또한 잘 어울렸다.

이나바 모토유키 / 1933~1971

이나바 모토유키 씨는 카를 슈미트의 『현대 의회주의의 정신사적 지위』의 번역가이다. 그러나 나는 한 번도 만난 적이 없다. 우리 사이에서 후지타 쇼조 씨가 중개자 역할을 한 데다가 이나바 씨가 번역을 끝낸 후 간행되기 전에 자살했기 때문이다.

게다가 출간 직후 번역과 관련하여 '오역 사건'이라 불리는 사태가 발생했다. 그 진상은 여러 가지가 뒤엉켜 있는데, 최근에 간행된 『오비 도시토 일지』를 바탕으로 그 경과를 더듬어보도록 하겠다.

미스즈서방이 이 책을 번역하기로 결정했다고 생각되는 회식이 『오비 도시토 일지』에 기록되어 있다. 1971년 3월 22일, 레스토랑 스위스샬레에 마루야마 마사오, 후지타 쇼조, 오비 도시토 셋이 모인 자리에서 마루야마 씨가 『현대 의회주의의 정신사적 지위』를 언급하면서 학생 시절에 읽었는데 "Scharf(날카로워)!"라고 했다. 아마도 그 후에 후지타 씨가 이나바 씨를 추천하여 이나바 씨에게 번역을 의뢰했을 터인데, 그 경위는 알 수가 없을뿐더러 두 사람의 관계도 잘 모른다. 다만 아루가 히로시 씨가 이나바 모토유키의 유고집 편집자가 되던 과정에서 두 사람의 관계를 엿볼 힌트가 있을지도 모르겠다. 『오비 도시토 일지』에서 후지타 씨는 이나바 씨에 대해 이렇게 이야기했다.

"그의 『「탄니쇼歎異抄」[16] 각서』는 좋아. 그가 사전을 보는 언어는 그리스어와 라틴어뿐이고 영어, 독일어, 프랑스어는 사전 없이 읽는다고."

이나바 씨는 도쿄대학 윤리학과를 나왔는데, 이때까지 번역 일은 하지 않았다. 『「탄니쇼」 각서』만 하더라도 120쪽의 유고집 『자율과 타율 윤리학 노트』 중 20쪽을 차지하는 짧은 글이다. 다만 후지타 씨가 말한 대로 좋은 것임에는 틀림없다.

후지타 씨는 조울증을 앓고 있던 이나바 씨를 자택으로 불러들여 번역 일을 하는 동안 보살피기도 했다. 마루야마 씨의 말을 빌리면, 후지타 씨는 막부 말기의 협객 모리노 이시마쓰 또는 잇신 다스케 같은 의협 정신을 지니고 있었다고 한다. 번역을 끝내고 마지막으로 「후기」만을 남겨둔

16 가마쿠라 시대 후기에 쓰인 일본의 불교서. 신란의 제자인 유이엔의 저술로 알려져 있고, 신란의 진심과 다른 이단들에 대한 탄식을 담은 책이다.

12월 3일 이나바 씨는 자살했다. 후지타 씨는 조울증이 약으로 나을 거라 생각했던 만큼 매우 큰 충격을 받았다. 12월 6일자 『오비 도시토 일지』를 보면 후지타 씨는 "때가 늦어 소용이 없게 되었다"라며 탄식했다. 원통했을 것이다.

이듬해 1972년 1월 7일, 후지타 씨는 「후기」를 편집부 이름으로 쓰자고 제안했다. 2월 20일 간행. 그 직후에 '오역 사건'이 일어났다. 처음에 지적한 사람은 슈미트의 『헌법 이론』의 번역가이기도 한 오부키 요시토였고 출간 후 2, 3일 정도가 지난 시점이었다고 기억한다. 후지타 씨는 크게 동요했고, "전후 정신의 체득자가 살아갈 수 없게 되었다"라고 까지 말하는 지경에 이르렀다. '오역'의 내용에 대해 이야기 하자면, 이 번역본을 읽은 마루야마 씨의 감상이 『오비 도시토 일지』 5월 6일자에 쓰여 있다.

"슈미트 번역의 오역 지적에 대해 말하자면, 그 정도는 아니다. 거의 중간 정도의 느낌. 그러나 빼먹은 것은 곤란하다."

이 말이 온당할 것이다. 『아사히저널』 6월 2일자에 야스세이슈 씨의 서평이 실렸는데, 거기서도 "원문에서 두세 줄 빠진 곳이 있다"라는 지적을 하긴 했지만 좋은 평가였다.

6월 26일, 침착함을 되찾은 후지타 씨가 직접 번역을 수정하겠다는 취지로 제안하며 다음과 같이 말했다.

"빼먹은 것에는 변명의 여지가 없다. 어학자의 번역으로서 어맥語脈이 다른 문장을 옮겨야 하는 고투의 흔적이 보이지 않는다."

누락된 부분을 놓친 것에 대해서는 편집자도 할 말이 없다. 9월 18일 재번역을 끝내고, 이듬해인 1973년 3월 20일에 개정판을 출간했다.

개정판에서는 초판 맨 앞에 실었던 「서언」이 삭제되었다. 맨 앞에는 이렇게 쓰여 있다.

"이 책을 번역 출판하는 일에서는 당연하지만 정확성을 으뜸으로 삼았다. 그러나 아무리 좋은 사전이라도 틀린 곳이 있듯이 번역 작업에는 늘 오역이 붙어 다닌다. 여러분의 비판을 바란다."

일어난 일을 생각하면 의미심장한 글이다. 그 뒤로는 원문을 넣은 곳과 옮긴이 주와 관련하여 그렇게 한 이유를 정중하게 설명하는 문장이 이어지므로, 원래는 번역자인 이나바 씨가 썼던 글일 것이다.

후지타 씨는 이나바 씨의 죽음 직후에 다음과 같은 조전弔

電[17]을 보냈다.

"어떤 야심도 없고, 사치도 없고, 신과 같이 상냥한 마음을 가졌던 이나바 모토유키 군의 돌연한 죽음을 듣고 견딜 수 없는 슬픔의 나락에 빠졌습니다."

번역가와 함께 걸어온 번역 출판의 길은 결코 평탄한 길이 아니었다. 돌이켜 보면 악전고투하며 나아간 길이었다.

이하 소묘까지는 아니지만, 점묘 풍으로 번역자 몇 분을 더 그려보고자 한다. 이는 그분들의 일면의 일면에 지나지 않을 테지만……

미야케 노리요시 / 1917~2003

미야케 노리요시 씨의 시부야 자택에는 오비 도시토 씨와 함께 방문한 것이 처음이었다. 언어학자인 고바야시 히데오 씨가 돌아가시고, 남겨진 번역 작업인 카를 포슬러의 『언어 미학』을 출판하는 데 힘을 보태달라고 부탁하기 위해서였다. 약속 시간보다 좀 빨리 도착해서 근처를 거닐고 있을 때 오비 씨가 "롤랑 바르트를 추천해준 것은 미야케 씨"라는 말

---

17 조문의 뜻을 표시하기 위해 보내는 전보.

을 해주었다. 로맹 롤랑의 미스즈에서 롤랑 바르트의 미스즈로, 1970년대의 이 전환은 미야케 씨가 준비한 것이라는 사실을 그때 처음 알았다.

다행히도 포슬러 건은 받아주시기로 했기에, 그와 더불어 에티엔 보노 드 콩디야크의 『감각론』을 가토 슈이치와 공역으로 내볼 생각은 없는지 여쭈었다. 그러나 이와나미문고에서 번역을 고쳐서 내기로 약속했다고 하여 실현되지 않았다.

포슬러의 『언어 미학』은 1986년 말에 간행되었다. 미야케 씨의 「엮은이 후기」에는 "본문에 최소한만 손을 대고 색인을 전면적으로 다시 만들었다"라고 무심하게 쓰여 있는데, 이 점이 미야케 씨의 범상치 않은 면모다. 원문과 번역문을 전부 다 대조한 것이 분명했고, 색인은 완벽했다. 여기서 완벽이라 함은 이런 뜻이다. 예를 들어 '언어'를 찾아보면, '―는 정신의 활동이다', '―는 사회 현상이다', '―를 불러 깨우치다' 등등 해당 내용마다 페이지가 제시되어 있었다. 미야케 씨는 포슬러를 살펴보는 동안에 다이슈칸의 『스탠더드 불화사전』 신판을 동시에 진행했다. 발음 표기를 담당했는데, 무지한 내게 서슴없이 이 말은 왜 이 기호를 사용해야 하는지 등등 과분한 해설을 해주었다. 머릿속이 발음 기호로 가득 차 있는 것 같았다. 『스탠더드 불화사전』의 신판은 1987년에 출간되었다.

『스탠더드 불화사전』의 초판은 1957년에 나왔는데, 그 발음 표기에 대해서는 간행 시에 오하시 야스오 씨가 "국내외 어디를 봐도 유례가 없을 정도로 명확 정연하게 되어 있다"라고 평했다. 오하시 씨는 레비스트로스의 『야생의 사고』의 번역가이자 하쿠스이샤에서 간행하는 『불화대사전』의 편집자이기도 하여 역시나 학식이 심상치 않게 풍부한 사람이었다.

미야케 씨는 생전에 저서를 한 권도 남기지 않았다. 그는 번역가이자 사전 편집자였다. 오비 씨는 그의 문장을 모아 『사전, 이 끝없는 책』을 만들었다. 편집자의 혼이 깃든 책이다.

우사미 에이지 ／ 1918~2002

우사미 에이지와 야나이하라 이사쿠, 알베르토 자코메티의 이름은 내 안에서 삼위일체를 이루고 있다. 즉물적으로는 문자 그대로 우사미 에이지의 마지막 책 『보는 사람-자코메티와 야나이하라』라는 책을 만들고 나서부터이고, 또한 우사미 씨의 여러 번역서 가운데 야나이하라와 함께 번역하고 엮은 자코메티의 『나의 현실』(후에 번역가 요시다 가나코 씨도 참여하여 『에쿠리』라는 제목의 증보판을 출간했다)이 가장 좋다고 생각하기 때문이다.

그렇지만 우사미 씨는 미스즈서방과의 오랜 인연에 비해 나와 함께한 것은 마지막 10여 년이라는 짧은 시간에 불과하다. 오비 도시토 편집장, 우사미 씨와 함께 셋이서 편집장 교체 인사를 하러 야나이하라 이사쿠 씨의 부인인 스키코 씨를 만나러 가마쿠라에 있는 댁으로 찾아뵈었을 때 처음으로 친숙하게 만나지 않았나 생각한다. 스키코 부인은 그날의 일을 잘 기억하고 있는데 마치 내가 아버지와 숙부한테 끌려온 것 같았다고 만날 때마다 이상하다는 듯이 말했다. 그리고 "가게는 어때요?"라고 물었다.

우사미 에이지와 야나이하라 이사쿠의 우정은 정말 보기 드문 것이었다. 『보는 사람』의 부제는 '어느 우정의 기록'이라고 해도 좋을 정도이다. 야나이하라와 자코메티의 운명적인 만남도, 그 계기는 우사미 씨가 만들었다. 이 이야기는 『보는 사람』에 수록된 두 사람의 대담 「자코메티에 대하여」에 상세하게 기록되어 있다.

NHK의 〈신新일요 미술관〉에서 '자코메티와 야나이하라'가 방영되었을 때(1999년 5월 2일), 가마쿠라의 가나가와현립 근대미술관, 이치가야의 가와다초에 있던 후지TV갤러리, 그리고 오모테산도의 갤러리412G에서 관련 전시회가 동시에 열렸다. 그중 몇 개를 우사미 씨와 함께 보았다. 이제 더이상 우사미 씨의 곁에 야나이하라 씨의 모습은 없었고, 산소 봄베[18]가 강아지처럼 매달려 있었다.

오모테산도의 화랑에 체이스맨해튼은행 도쿄 지점에 다니는 늘씬한 옷차림의 젊은이와 거친 스타일의 예술가 동생, 그리고 그의 여자 친구가 찾아왔다. 뉴욕의 이 은행 앞 광장에 자코메티의 조각을 둘 계획이 있었다는 사실은 잘 알려져 있다. 그때 웬일인지 예술가 동생이 의자에 앉아 있던 내게 "당신이 자코메티입니까Are you Giacometti?"라고 물었다. 점성가인 이시이 유카리 씨를 만난 것도 여기였다. 우사미와 야나이하라의 놀이 세계에 조금 섞여들었다는 느낌이 들었다.

18 고압 산소를 저장, 운반하는 강철 용기.

나카지마 미도리 / 1939~2001

나카지마 씨는 중국인들에게 자기 이름을 밝힐 때 '중도벽中島碧'이라는 한자를 사용했다.[19] 이 '벽碧'이 왠지 아주 잘 어울렸다.

나카지마 씨와 처음 한 일은 양장[20]의 『간교육기幹校六記』 번역이었다. 미스즈에서는 드물게 중국어 번역서이다. 이 책 이름은 뜻을 알기 어렵다. '간교'란 문화대혁명 시기에 지식인들을 보내던 농촌 간부 학교의 약어이다. 책의 제목은 청나라 시대의 독서인 심복의 자전체의 산문 『부생육기浮生六記』에서 따온 것이다. 가혹한 경험을 경묘한 감각으로 그린 이 기록에 어울리는 제목이라고 생각했는데, 일본의 독자에게는 익숙하지 않았을지도 모르겠다.

두 번째로 한 일도 역시 양장의 소설 『풍려風呂』의 번역 출간이었다. 원제는 '시짜오洗澡'[21], 일본어로 하면 '뉴요쿠入浴'라고 하는데, 중화인민공화국 성립 직후 지식인의 사상

19 나카지마 미도리는 일본어로 中島みどり라고 표기한다.
20 중국의 문학 연구자이자 작가, 번역가. 중국 현대 문학가 첸중수의 아내이기도 하다.
21 '목욕하다'라는 뜻.

개조 과정에서 일어난 희비극을 그린 것이다. 옛 사상을 씻어 내린다는 비유인데, 이것도 통하지 않았을 것 같다. 중국어를 일본어로 번역하는 것은 한자가 같은 만큼 미묘하게 어려운 데가 있다.

양장의 이름은 일본에서는 그다지 알려지지 않았다. 나카지마 씨의 말을 빌리면, 현대 중국의 서양 문학 번역가로서, 또한 작가로서도 최고 수준에 있는 사람이었다. 번역한 책으로 『돈키호테』, 『질 블라스 이야기』, 『라사리요 데 토르메스의 삶, 그의 행운과 불행』이 있고, 스페인의 피카레스크 picaresque(악한이 이야기를 이끌어가는 소설), 영국의 18~19세기 소설 연구자이기도 했다.

나카지마 씨는 양장의 「번역론」을 번역하였다. 원제는 '실패의 경험(번역 메모)'이다. 뛰어난 번역가인 나카지마 씨가 소개하려고 했으므로 틀림없이 좋은 글이다. 제목을 '실패의 경험'이라고 한 것처럼 스페인어 원문을 양장이 '죽은 번역死譯', '딱딱한 번역硬譯'이라 부르곤 하던 좋지 않은 번역(이것도 자신의 번역이라고 한다)으로 옮긴 사례를 들고 있다. 놀라운 부분은 원문에 나오는 잘못된 중국어 번역을 나카지마 씨가 잘못된 일본어 번역으로 훌륭하게 옮겨놓은 것이다. 어디가 잘못된 것인지 분명히 알고 있다는 뜻이다. 보통의 역량으로는 불가능한 일이다.

「번역론」에서는 서양 언어를 중국어로 옮길 때의 곤란한 점을 분명하게 언급하고 있다. 예를 들어 서양 언어에서 자주 사용하는 관계대명사나 인과 관계를 밝히는 접속사 등에 어떻게 대처하면 좋을까 하는 점 등이다. 아마도 나카지마 씨는 중국어에서 일본어로 번역할 때의 어려움을 생각하면서 이 글을 번역했을 것이다.

함께 일하며 나카지마 씨에게서 많은 편지를 받았다. 이 중국어를 어째서 이 일본어로 번역했는가 하는 내용이 있었던 것으로 기억하고 편지를 찾아보았다. 분명히 소중하게 잘 보관해두었다고 생각했는데 어찌된 일인지 보이지 않는다. 웬일인지 몸을 감춘 것 같다.

이케베 이치로 / 1905~1986

이케베 이치로는 화가이다. 번역가가 아니다. 단 한 권의 번역서가 있다. 화가 오딜롱 르동의 일기풍 수기인 『르동 나 자신에게』이다.

이케베 씨는 1930년대 파리에서 7년을 보냈다. 유럽으로 향하는 배에서는 외국인 승객들이 당시 유행하던 영화 〈회의는 춤춘다〉[22]의 주제가를 부르는 등 터질 듯한 활기가 느껴졌다고 한다. 도착한 파리는 마침 마로니에가 무성한 계절이었고, 거리 곳곳에 이 멜로디가 흐르고 있었다고 한다. 2차 세계대전은 아직 일어나기 전이었다.

이케베 씨의 아버지 이케베 산잔은 아사히신문 논설 주간으로 나쓰메 소세키를 아사히로 초빙한 인물이다. 산잔도 1893년 파리에 부임하여 청일전쟁에 대한 유럽의 반응을 〈파리 통신〉으로 보냈다. 산잔의 프랑스어 연습장이 일본근대문학관에 소장되어 있는데, 거기에는 프랑스의 젊은 벗이 그린 산잔의 초상화와 '미래의 볼테르 주석가'라는 코멘트가 적혀 있다. 어디선가 산잔은 앞으로 볼테르를 공부할 거라고 선전하고 다녔던 것 같다. 실제로 그는 80권에 이르는 볼테르 전집을 구입하여 일본으로 가져왔다. 일본에서는 드문 볼테리안이었다. 이케베 이치로 씨에게도 그런 분위기가 있다.

이케베 씨의 외조부 나가미네 히데키는 해군병학교의 영

---

22 독일 코미디 영화로 에릭 차렐 감독의 1931년 작이다.

어 교사였고, 정력적인 번역가이기도 했다. 『아라비안나이트』의 일부를 번역한 『놀라운 아라비아 이야기 첫 권』부터 프랑수아 기조의 『유럽 문명의 역사』, 존 스튜어트 밀의 『대의정부론』에 이르기까지 폭넓게 상당한 양을 번역했다.

이렇게 보면 이케베 이치로 씨도 근대 번역의 계보를 잇는 사람인 것 같지만, 조부인 기치주로는 또 많이 달라서 세이난전쟁에서 사이고 다카모리와 함께 궐기했던 구마모토대 700명의 대장이었다. 이케베 씨가 나에게 조부가 참수당했을 때 몸에 지니고 있던 피 묻은 하얀 홑옷을 보여준 적이 있다. 그다음에 만났을 때는 그 옷을 태워서 버렸다고 했다.

르동의 수기 제목을 다키구치 슈조가 '사화집私話集'이라고 번역했다는 것을 나중에야 알았다. 그쪽이 더 낫다고 생각했지만, 행차 후에 부는 나팔이었다.

볼프강 샤모니 ／ 1941~

"잎들 사이에 열매가 있다는 의미입니다"라고 대학 도서관 건물에 새겨진 문자를 가리키며 샤모니 씨가 일본어로 이야기했다.

"인테르 폴리아 프룩투스Inter Folia Fructus."

다나카 히데오, 오치아이 다로가 엮은 『그리스·라틴 인용어 사전』에는 "(우리 책의) 종이 잎새紙葉 사이의 과실"이라고 쓰여 있다. 책의 한 장 한 장마다 훌륭한 내용이 들어 차 있다는 뜻이다.

볼프강 샤모니 씨는 당시 하이델베르크대학 일본학과의 교수로 동료인 게르트 자이페르트 씨와 함께 마루야마 마사오의 『일본의 사상』과 『충성과 반역』을 독일어로 번역하였다. 샤모니 씨는 「『일본의 사상』 독일어 번역에 관하여」라는 글(『도쇼』 1995년 7월호)에서 마루야마 씨 저작의 어떤 점에 이끌렸는가에 대해 "그 자극 가운데 하나는 말이었다"라고 썼다. 그리고 마루야마 씨의 문장은 영어권 사람에게는 튜토닉Teutonic, 즉 독일어적으로 보인다고 하지만 그것만이 아니다.

"선생의 문장은 일본어의 한 가지 가능성을 감추고 있는 듯합니다. …… 한어漢語[23]의 가능성을 이용하면서도 인상이 강한 구어적이고 일상어적인 표현, 또 문학적인 표현도 많이 사용하여 너무나 생생하게 살아 있습니다."

23 일본어 중에서 한자의 글자 소리로 읽는 언어를 가리킨다.

그의 말에 대한 감각은 매우 날카로웠다. 샤모니 씨의 아내 아키자와 미에코도 미스즈 구사옥을 방문하고 난 후에 보낸 편지(1990년 5월 30일자, 샤모니 씨는 3월에 미스즈서방의 구사옥을 방문해 대단히 감격했다)에서 "그는 번역에 관해서는 생각을 끝까지 끌고 가는 사람으로 그 완벽주의는 정말 대단한 것입니다"라고 언급한 적이 있다.

하이델베르크대학 일본학과에서는 『혼야쿠hon'yaku』('하이델베르크 일본어-독일어 번역 워크숍 보고'라는 부제가 붙어 있었다)라는 작은 잡지를 냈고, 나도 두세 권 받은 기억이 있다. 그 잡지도 샤모니 씨의 실험장으로 마루야마 씨의 「후쿠자와에게서의 질서와 인간」, 「20세기 최대의 패러독스」, 「근대적 사유」뿐만 아니라 기류 유유, 나루시마 류호쿠의 글을 번역하여 실었다. 글의 선택에도 그의 지적인 역량과 감성이 마음껏 발휘되었다.

대학 도서관을 뒤로하고 자택으로 갔다. 샤모니 씨는 벽에 걸린 작은 그림을 가리키며 "아버지의 그림입니다. 아버지는 카프카의 체코어판 삽화도 그렸습니다"라고 했다.

아버지의 이름은 알베르토 샤모니로 1906년생이다. 화가이자 판화가로서 많은 체코 출판사의 일을 했다. 그중에는 카프카의 단편 「시골 의사」, 「한 장의 고문서」 등도 있었다. 알베르토 샤모니는 2차 대전 중이던 1942년 일개 병졸로 소집되어 1945년 동부 전선에서 행방불명되었다.

아버지 그림의 섬세함과 아름다움이 샤모니 씨의 번역에 살아 있는 것처럼 느껴졌다.

2장

삶은 달걀과 주먹밥

- 오카모토 도시코 씨 이야기

오카모토 도시코라는 여성이 있었다. 아는 분도 계시겠지만, 아티스트인 오카모토 다로의 양녀, 라기보다는 모든 면에서 파트너였던 분이다. 세토우치 자쿠초의 『기연만다라』에 있는 「오카모토 다로」라는 글은 다로보다 도시코에게 바친 글로도 읽을 수 있다. 그 정도의 인물이다. 지금부터 이야기하려는 것은 나와 도시코 씨의 짧지만 깊은 인연에 관해서이다.

벌써 20년 전의 일이다. 미스즈서방의 편집자였던 나를 어떤 사람이 찾아왔다. 그 사람의 이름은 구보 사토루. 구보 씨는 다키구치 슈조의 『초현실주의를 위하여』(세리카서방), 『하나다 기요테루 전집』(고단샤) 등 훌륭한 책을 아주 많이 편집한 사람으로 알려져 있었다.

그의 용건은 미스즈에서 『오카모토 다로의 책』을 내지 않겠느냐는 것이었다. 오카모토 다로와 관련된 책이 한우충동汗牛充棟[24]인 지금으로서는 상상도 하지 못할 일이지만, 당시에는 서점 책장에서 다로의 책을 한 권도 볼 수 없었다. 있다 하더라도 막 출간된 도시코 씨의 『오카모토 다로에게 건배』(신초샤, 1997년)만 겨우 있을 뿐이었다. 구보 씨는 과거에 『오카모토 다로 저작집』을 낸 적이 있는 고단샤에 먼저 이 출판 건을 제안했는데 그 자리에서 "3000부 이상 팔리지 않는 책은 낼 수 없다"라는 답을 들었다고 하니 대략의 상황은 미루어 짐작할 수 있었다. 이렇게 말하는 나도 그때 순간적으로 '응? 아니 왜 미스즈에서 다로를 내지?'라고 생각했으니 큰 소리를 칠 수 있는 입장은 아니다. 다른 사람도 아닌

---

24 수레에 실어 옮기면 소가 땀을 흘리고 쌓으면 들보에 닿을 정도로 책이 대단히 많다는 뜻.

구보 씨가 나를 유망한 편집자로 인정하고 일부러 부탁한 것이라 반드시 뭔가 다른 의미가 있을 거라 생각하기는 했지만, 다른 한편으로 이것은 '운명'이라고 직감했다. 왜 '운명'인가에 대해서는 뒤에서 다시 이야기하겠다.

오카모토 다로는 1996년에 84세로 돌아가셨다. 그 무렵 그에 대한 일반적 이미지는 오사카만국박람회를 상징하는 기념물 '태양 탑'의 창작자, 텔레비전 광고에서 "예술은 폭발이다!"라며 큰 눈을 번쩍 뜨고 외치는 이상한 아티스트 정도였다. 그러니 지적 향기가 흐르는 출판사 미스즈와는 어울리지 않는다 해도 어쩔 수 없지 않은가 하는 회사 내의 뜨뜻미지근한 반응도 당연한 것이었다.

그렇게 출발한 『오카모토 다로의 책』이었건만, 기획이 궤도에 오른 1998년 9월 9일 새벽에 구보 씨가 급서했다. 급성 심근경색, 향년 61세였다. 모든 것이 구보 씨에게서 시작된 기획인 만큼 의지할 곳이 없어졌다는 생각도 들었다.

희한하게도 구보 씨가 죽기 전날 오카모토 도시코 씨가 구보 씨에게 전화를 했다. 전화를 걸어서는 미스즈서방에서 출간하기로 했고, 지금 목차 구성에 착수했다고 알려주었다고 한다. 그것만큼은 듣고 돌아가신 것이다. 얼마 후 12월 미스즈서방은 『오카모토 다로의 책』 제1권 '주술 탄생'을 간행했고, 1999년 10월에는 '가와사키시 오카모토다로미술관'이 개관했다.

구보 씨가 이야기를 가져와 편집자에서 편집자로 배턴 터치하듯 내게 남기고 간 숙제의 해답을 찾아보겠다며 우선은 고단샤판 저작집 전 9권을 구입했다. 그렇지만 그 이후에도 전권을 나란히 세우면 책등이 모여 다로의 작품 〈검은 태양〉이 되는 것을 물끄러미 바라보는 공허한 나날이 계속되었다. 이 저작집, 여기 수록된 글의 필자들의 면면, 하니야 유타카, 노마 히로시, 피에르 클로소프스키 등만 보더라도 여전히 독자적인 광채와 가치를 지니고 있었다. 때때로 그런 문장들을 읽으면서 나는 다로에 대해 아무것도 알지 못했던 내 안에 무언가가 가라앉기를 기다리고 있었다. 이야기가 오고 간 지 반년이나 지났을까, 봄 연휴 기간에 전권을 단숨에 읽었다. 그러고 나니 선명하게 한 줄기 선이 보이기 시작했다.

"오카모토 다로의 문장에는 리듬이 있고, 유머가 있고, 선명한 묘사와 명쾌한 의미 부여가 있다. 오사카만국박람회의 '태양 탑'처럼. 우리는 그에게 이끌려 여러 가지 사상적 발견을 해왔다. 도호쿠 문화에 대해, 오키나와 문화에 대해, 조몬繩文[25]의 아름다움에 대해 이야기한 그는 선구자이다. 이러한 점은 젊은 시절 파리에서 인류학자 마르셀 모스의 강연에 참석했던 사실과 관련이 있을 것이다. 그 일은 토속과 세련, 전통과 전위처럼 '대극'에 있는 것을 통합하여 보려고 하던 그의 시선을 한층 더 심화시켰을 것이다."(「내용 견본」, 간행사에서)

오늘날 오카모토 다로를 평가하는 관점에서 본다면, 아무런 특이점도 없는 모범 답안과도 같은 문장이다. 그러나 나는 거기서 그전까지 잘 모르던 '인류학자 오카모토 다로'를 발견했다. 1930년대 파리에서 조르주 바타유, 미셸 레리스 등과 '내 친구'라고 부를 수 있는 일본인이 우정을 나누었던 것이다. 화가이자 조각가인 오카모토 다로는 대단한 지식인이었다. 그러나 이 발견과는 별개로 나를 가장 놀라게 한 것은 아오야마의 오카모토다로기념관에 소장되어 있는 그가 손수 찍은 엄청나게 많은 사진이었다. 오키나와, 한국, 도호쿠, 조몬 등 여러 사진집으로 묶여 지금은 쉽게 볼

---

25 일본사의 시대 구분 중 하나로 신석기 시대에 해당한다.

수 있는데, 모두 인류학자의 시선으로 촬영되었다. 그의 시선은 마르셀 모스의 제자이기도 한 레비스트로스의 사진에 필적할 만하다. 사진 자체는 예술가 다로가 레비스트로스를 훨씬 뛰어넘은 듯 보였다.

'다로는 인류학자이다'라고 생각하면 할수록 나는 그에 대한 자료 목록에 있는 다큐멘터리 영화 〈마르셀 모스의 초상〉(문화인류학자인 장 루쉬가 찍었다)이 궁금해서 견딜 수가 없었다. 그 안에 모스의 제자인 다로가 등장한다고 하니……. 그 영화를 볼 수 있는 기회가 예상치 못한 방식으로 찾아왔다. 가와사키에 있는 오카모토다로미술관의 개관일에 혼자서 관내를 어슬렁거리고 있었다. 사람이 아주 많아 번잡하기는 했지만, 그 번잡함과는 아무 관계도 없다는 듯이 아무도 보는 사람 없는 디스플레이에 영상이 하나 깜빡거리고 있었다. 가까이 가서 보니 마치 내가 오기를 기다리고 있었던 듯이 다로가 유창한 프랑스어로 이야기를 하기 시작했다. "나는 일본의 마르셀 모스가 되겠다"라고. 맞구나! 바로 그 다큐멘터리였다. 눈과 귀를 의심하는 사이 한순간에 자막과 목소리가 사라졌다. 정말로 그렇게 말했는지, 지금 생각하면 꿈이었다는 생각마저 든다. 그러나 다로는 분명 일본의 마르셀 모스가 되어 조몬 문화, 오키나와 문화, 도호쿠 문화를 발견했다.

다시 도시코 씨의 이야기로 돌아가 보자. 다행스럽게도 미스즈의 책은 미술관 개관에 맞추어 나왔고, 큰 지식인 다로의 이미지도 정착하게 되었으며, 부활한 다로는 독자에게 널리 받아들여졌기에 나는 내심 안심했다. 그럼에도 마음속 깊이 다로를 사랑했던, 욕심 많은 도시코 씨는 그 정도 성공으로는 전혀 만족하지 않았다. 때때로 나와 동석하는 자리가 있으면, 도시코 씨는 항상 "미스즈서방은 책을 팔고 싶어 하지 않아요"라고 큰 소리로 말했고, 그 후부터 나는 무슨 자리에 나가 이야기를 할 때마다 "책을 팔고 싶지 않은 미스즈서방입니다"라고 하며 둘이 짝이 되어 좌중을 웃기곤 했다. 미스즈가 팔고 싶지 않은 것은 아니었지만, 확실히 다로는 일개 출판사 미스즈를 넘어 다른 출판사에서도 잇달아 문고본, 사진집, 에세이집 등 다양한 형태의 간행물이 나왔고, 이를 통해 젊은이들로까지 독자층이 넓어져 큰 환영을 받았다. 솔직히 그것은 나의 상상을 훌쩍 뛰어넘는 일이었다. 도시코 씨의 사랑의 힘이 얼마나 큰지 알게 되었다.

다로는 잊히지 않고 부활했다. 그렇다면 내가 왜 『오카모토 다로의 책』을 미스즈서방이 내는 것을 '운명'이라고 직감했던가? 이제 슬슬 그 이야기를 해야겠다.

이야기는 아주 오래전 전쟁 직후 미스즈서방의 창업 무렵에까지 거슬러 올라간다. 창업 이래로 줄곧 편집자였고, 그 자신이 현대사 연구자로서 『2·26사건』, 『쇼와의 군벌』을 쓰기도 한 다카하시 마사에라는 사람이 있었다. 현대사 자료, 그중에서도 국가주의운동과 관련한 자료 수집에 집념을 불태우면서 좌우익을 구분하지 않고 널리 교제하던 괴짜라고 해도 좋을 사람이었다. 그 당시의 편집자 가운데는 그러한 괴물이나 괴짜가 상당히 많았다. 다카하시도 미스즈서방의 편집부를 둘러보고는 감개무량하다는 듯이 "여기에는 무예 전반을 골고루 다 잘한다고는 못 해도 '나는 쇠사슬낫, 나는 수리검'이라고 각자 자신 있는 무기를 말할 수 있는 강자들이 모여 있구나"라고 했다. 나는 그와 오랫동안 책상을 나란히 하고 일을 하면서 매일같이 패전 전, 전시 중의 이야기만 들어서 아직도 전쟁이 끝나지 않은 것 같은 악몽에 시달리는 나날을 보냈다.

그 이야기 중에는 창업 직후의 미스즈서방에 관한 이야기도 있었다. 어느 날, 한 여자 대학생이 찾아와서 일을 하

게 해달라고 했다. 월급을 줄 수 없다면서 거절하자, 그래도 괜찮다며 매일 지바에서 삶은 달걀과 주먹밥을 들고 와 모두에게 나눠 주면서 같이 일을 했다고 한다. 식량난 시대였던 까닭에 다카하시에게는 이 삶은 달걀과 주먹밥이 너무도 고마웠다고 한다. 원래부터 이야기를 잘하는 사람이기는 했지만, 마치 그 일이 눈앞에서 벌어지고 있는 것처럼 실감나게 이야기를 해주었다. 중국에는 '저자는 편집자의 의식衣食의 부모'라고 하는 상당히 유물론적인 표현도 있다고 하는데, 그 여학생은 문자 그대로 미스즈서방 편집자들의 '음식의 어머니食の母'였다. 그런데 이 젊은 '음식의 어머니'는 어느 날 갑자기 "당신들은 역사에 길이 남을 일을 하고 있어요"라는 의미심장한 인사말을 남기고 떠나버렸다고 한다. 여우에게 홀린 듯한 이야기이다.

그로부터 몇 년인가 지나 미스즈서방은 사운을 걸고 전편 컬러 인쇄임에도 염가로 제공하는 획기적인 시리즈 '원색판 미술 라이브러리'의 출판을 시작했다. 그중에서 피카소 1권의 해설은 당연히 피카소와 친교가 있었던 오카모토 다로에게 부탁하기로 하고 그 담당을 다카하시가 맡았다. 오카모토 댁을 방문하여 초인종을 누르고 기다리고 있다가

문을 열어준 여성을 보고는 깜짝 놀랐다고 한다. 바로 몇 년 전인가 미스즈에 들이닥쳐 사원이 되겠다며 제1호로 지원 했다가 어느 날 홀연히 사라졌던 여성, 즉 도시코 씨였던 것 이다. 공교롭게도 다로 선생은 부재중이었다. 그러나 다카 하시는 "반드시 다로가 쓰도록 하겠다"라는 확답을 얻었고, 후일 그 약속은 이루어졌다.

『오카모토 다로의 책』을 넘겨받았을 때도, 다시 만들고 있을 때도 나는 이 일에 대해 한마디도 하지 않았고, 도시코 씨에게서도 전혀 듣지 못했다. 정말 진국 같은(?) 두 사람이 다. '삶은 달걀과 주먹밥' 건을 포함하여 일의 진위를 확인 한 것은 『오카모토 다로의 책』이 완성되고, 아오야마의 이 탈리아 음식점에서 실제 편집을 담당했던 다카마쓰 마사히 로 군과 함께 셋이서 축하 자리를 갖던 때였다. 도시코 씨는 깔끔하게 인정했다. 창업 당시 미스즈서방이 있던 도심의 불탄 건물 한쪽 방에서 모두(라고 해봐야 다카하시 마사에와 또 한 명, 창업자이자 편집자인 오비 도시토 정도였을까?)가 일하러 나 간 후에 혼자 남아 전화 받는 일을 하던 도시코 씨는 온종일 창밖으로 지나가는 사람들을 바라보며 지냈다는 추억담을 이야기해주었다. 그 후에는 몇 번이고 도시코 씨가 그 이야기를 그리운 듯이, 즐겁게 입에 올리는 것을 들었다.

미스즈서방의 옛 기록을 찾아보아도 사원 명부에 히라노 도시코(도시코 씨의 옛 성은 히라노)의 이름은 보이지 않는다. 월급을 주지 않았기 때문인지도. 그래도 앞서 이야기했던 편집자 오비 도시토 씨의 회고에는 그 이름이 등장한다. 다카하시 씨가 입사한 것은 1946년 7월, 니혼바시구 고후쿠바시의 불탄 건물 4층에 있던 회사가 혼고 6초메로 이전한 것은 같은 해 11월이었으므로 정말 짧은 기간에 일어난 일이었다.

이제 알 수 있을 것이다.『오카모토 다로의 책』이야기가 나왔을 때 왜 내가 '운명'이라고 느꼈는지. 혜안을 가졌던 편집자 구보 씨도 이 이야기만은 몰랐을 것이다. 도시코 씨는 결코 이 이야기를 하지 않았기 때문이다.

출판계에는 신기한 일이 일어난다. 그리고 출판계는 신기한 일을 일으키는 힘이 있다.

3장

조금 옛날 이야기

- 미스즈서방 구사옥 이야기

건물이 단말마적 비명을 지르는 일이 있을까? 오랫동안 잘 버텨준 미스즈서방의 구사옥이 비명을 지른 것은 이미 철거 일까지 정해둔 어느 휴일이었다. 관할서인 모토후지 경찰서 에서 전화가 왔다.

"귀사의 비상벨이 계속 울리고 있는데, 어떻게 할까요?"

서둘러 달려가 보니, 건물 바깥의 혼고 거리에까지 벨소 리가 울리고 있었다. 전기 배선이 낡아서 더 버틸 수가 없었 던 것이다. 배선을 자르니 소리가 멈췄고, 휴일의 정적이 되돌아왔다.

이웃에 사과를 하며 돌아다녔는데 코르크 가게, 배드민턴 가게 등 이웃 주민들에게 내가 인사를 한 것은 이것이 처음이자 마지막이 되었다. 구사옥에 사는 신인지 요괴인지 모를 그 무엇에게 "같이 지낸 세월이 오래니까 인사 정도는 하라"는 재촉을 당한 기분이 들었다.

이 건물은 도쿄돔 방향에서 이키자카 언덕을 올라 혼고 거리를 건너면 나오는 첫 번째 코너의 Y자 교차로에 서 있었다. 이키자카라는 이름은 오가사와라 이키노카미[26]의 별저가 있었던 데서 유래했다. 내가 입사했을 무렵에는 번지가 이미 혼고 3초메가 되어 있었는데, 옛 동네 이름은 하루키초였기 때문에 당시에 회사의 소재지를 말하면 "아! 하루키자春木座[27] 근처네요"라고 하면서 패전 전의 이름을 아는 노인들이 있었다. 웬만큼 나이를 먹은 나도 그 극장은 몰랐다. 위키백과의 사진으로 보니 붉은 벽돌로 지은 아주 멋있

26 에도 시대 말기, 쇼군 직속의 총괄역이었던 오가사와라 나가미치를 가리킨다. 외국 사무 총재역의 고위직이었다.
27 메이지 초기부터 전쟁 전까지 운영되었던 극장으로 후에는 혼고자라고 불렸다.

는 극장이었고, 가와카미 오토지로 극단이 〈햄릿〉을 공연하는 등 연극 역사에도 이름을 남긴 극장이다. 간토대지진으로 전소되었다가 후에 재건되었는데, 도쿄 대공습으로 다시 소실되었다고 한다. 오차노미즈에서 혼고 소방서로 향하는 구라마에바시거리에 분쿄구의 옛 지명 안내판 '하루키초'가 서 있는데, 아마도 그 근방인 것 같다. 헤이본샤의 『세계대백과사전』의 '혼고' 항목을 보면, 하루키초의 지명은 이세 신궁의 오시御師(신궁 참배를 안내하던 가이드)였던 하루키 다유의 여인숙이 있었던 데서 유래했다고 한다.

　업무 중 우편물을 부치러 갈 때 회사에서 가장 가까운 우체국은 긴스케초의 우체국이었다. 앞에서 인용한 『세계대백과사전』은 아주 잘 만든 사전이었는데, 긴스케초에 대해서는 정확하게 고비토카시라小人頭(무가 봉공인의 우두머리) 마키노 긴스케의 배령지였다고 나온다. '혼고도 가네야스[28]까지는 에도 안'이라는 센류川柳[29]로 잘 알려진 '가네야스' 가게가 혼고 3초메 교차점 모퉁이에 있다. 혼고는 막부 하급

28 혼고 3초메에서 에도 시대부터 영업을 해온 양품점.
29 5·7·5의 음률을 지닌 일본의 정형시.

신하들의 거주지였고, 우리는 아슬아슬하게 에도의 영역 안에 있던 사옥에서 일하고 있었던 것이다.

내가 구사옥이 서 있는 장소를 특히 좋아했던 데는 이유가 있다. 매일 아침, 오차노미즈에서 준텐도대학 옆의 언덕을 올라가면, 혼고 거리를 사이에 두고 맑은 날에는 아침 햇살이 비쳐 색다르게 보이는 건물이 있었다. 누런 벽에 자색 기와지붕이 있는 3층 건물로 중국 패루牌樓(거리의 중심이나 명승지에 서 있던 장식용 건축) 풍의 건물이다. 일본에서나 중국에서나 분큐도 주인 다나카 게이타로의 이름을 아는 사람은 거의 없겠지만, 대학에서 동양학을 전공한 나 같은 사람이라면 그분의 이름을 잊기 어렵다. 그 맵시 있는 건물이야말로 중국 서적을 전문으로 영업해온 분큐도의 흔적이었다. 나중에는 덴리교天理敎가 매입한 후 리모델링을 해서 '이치레쓰회관'이라는 간판을 내걸고 있었는데, 이제는 그것마저도 없어져 과거의 분큐도는 그림자도 흔적도 사라졌다. 다나카 게이타로는 고서점 주인으로서 국보급 회화와 서적을 취급하였고, 동시에 중국 연구서를 출판하기도 했다. 그가 수집한 고서적이 간토대지진으로 흔적도 없이 타버렸다는 이야기를 들었을 때는 애석하다거나 하는 말로는 그 기분을 표현할 수가 없었다. 이런 사정을 생각한다면 지금 있는 건물은 지진 후에 세워졌을 것이다.

다나카 게이타로의 이름이 알려진 것은 그가 훗날 중국 과학원 원장이 된 궈모뤄의 일본 망명 및 유학 생활을 지원해주고, 그의 갑골문, 금문을 통한 고대사 연구 성과 대부분을 훌륭한 선장본으로 출판했기 때문이다. 마오쩌둥이나 4인방에게 충실한 문화인으로서 지금은 평판이 좋지 않은 궈모뤄이지만, 학생 시대에 분큐도에서 출간한 그의 연구서를 읽고 시야가 확 트이는 경험을 했던 내게 그는 여전히 천재적인 대학자이다. 또한 그것을 뒷받침한 이가 다나카 게이타로였다는 사실 역시 변함이 없다.

개안을 했다고 할 만큼 큰 발견의 예를 또 하나 들어보겠다. 미스즈와 거래하던 도매 중개상의 하나로 닛신도라는 가게가 있었는데, 개인용 책은 여기를 통해 20퍼센트 할인 가격에 사고 월말에 정산을 했다. '닛신日新'이라는 이름은 중국의 고전 『대학』의 '일신우일신日新又日新'에서 따온 것이다. 이 구절은 은나라 탕왕의 반盤(세숫대야 같은 그릇)에 새겨진 글귀라고 여겨지는데, 매일 아침 이 반에 물을 담아 얼굴을 씻던 왕은 그때마다 이 말을 마음 깊이 새겼다고 한다. 궈모뤄는 여기에 이의를 제기했다. 은나라 사람들에게 그러한 사상이 있을 리 없고, 오랜 기간 청동기 명문을 연구한 결과 이는 '무슨 날, 누구누구'라는 기록의 일부가 사라져 그렇게 보이는 것일 뿐임을 실증적으로 밝혀낸 것이다. 그 논문을 확인하려고 오랜만에 그의 『은주 청동기 명문 연구』 등을 살펴보았는데 찾아내지는 못했다. 여하튼 그의 이러한 실증 연구 성과가 중국 고대사의 이미지를 바꾸는 일대 전환점이 되었음은 분명하다. 그 성과의 일부는 미스즈에서 출판된 가이즈카 시게키의 『고대 은제국』이라는 명저에서 볼 수 있다. 그 신판 편집을 맡을 수 있었던 것도 편집자로서는 더없이 행복한 일이었다.

이야기가 건물에서 몹시도 멀리 떨어져 나왔기에 이제 다시 슬슬 혼고 거리로 되돌아가자. 혼고 거리를 걷다가 이분큐도 건물에 조금 못 미쳐서 뒷골목으로 들어서면, 미스즈서방의 구사옥이 있었다. 목조 모르타르의 2층 건물, 보통의 살림집 정취가 있는, 큰 빌딩과 비교하면 오두막이라고 불러도 좋을 듯한 건물이다.

오두막이라고 하면 미국의 출판인 제이슨 엡스타인이라는 인물(서평지 『뉴욕 리뷰 오브 북스』, 통칭 NRB를 창업했다)이

자신의 책 『출판, 나의 천직』에서 이렇게 이야기한 적이 있다. "출판은 본래 오두막 산업cottage industry(가내수공업)이다"라고. 미스즈서방의 사옥은 말 그대로 'cottage', 즉 오두막이었다.

그렇다면 왜 출판업은 오두막에서 해야 하는 것일까? 엡스타인은 덧붙여서 이렇게 이야기했다. 조금 길지만 인용해보자면 "출판은 탈중심적이고 즉흥적이며 인간미가 있는 산업이다. 여기에는 공통의 마음가짐, 즉 자신의 장인적 솜씨에 전념하고, 자주성을 침범당하는 것에 주의를 게을리하지 않으며, 저자의 요구와 독자의 다양한 관심에 민감성을 가진 사람들이 모인 작은 집단이 가장 적합하다"라고 했다. 그 작은 집단을 담는 그릇은 오두막으로 충분하거나 혹은 그래야만 하는 것이다.

미스즈서방 사옥은 정말 오두막이었고, 그런 집단이 살고 있었다. 미스즈의 창업자 오비 도시토도 허름한 사옥에 놀란 기자의 질문에 "책은 건물에서 만드는 것이 아니"라고 대답했는데, 글쎄 앞에서 인용한 문장을 말하고 싶었던 것은 아니었을까?

오비 도시토는 어떤 저자에게 "정신은 새롭게, 건물은 낡

왔지만"이라고 뽐내며 말하기도 했다지만, 그래도 만물유전이어서 물건에는 수명이라는 것이 있다. 미스즈서방의 구사옥이 있던 삼각형 토지는 지금은 24시간 코인 주차장이 되어 몇 대의 차가 주차되어 있다. 책 만드는 일에 홀렸던 사람들의 꿈의 흔적을 보여주는 현대의 풍경이다.

4장

나는 얼굴도 못생긴 데다가 상냥하지도 않아

─『푸레이 집안의 편지』와 그 편집자

본래 기억이란 믿을 수 없는 것이니 더구나 나처럼 흐릿해지기 시작한 노인의 기억이라면 더욱 그렇다. 미스즈서방이 출판한 『로맹 롤랑 전집』에 「어느 중국인에게 보내는 편지」라는 제목의 서한문이 수록되어 있는데, 아마 수취인에 대한 옮긴이 주에 '불상不詳'이라고 쓰여 있었을 것이다. 그 수취인이 푸레이가 아니었을까 하는 생각이 들어 최신판 전집을 뒤져보았지만 그러한 서한은 찾지 못했다. 로맹 롤랑이 1924년에 『장 크리스토프』를 중국어로 번역하고 싶다고 했던 징인위[30]에게 보낸 편지가 있을 뿐이었다.

그렇지만 『장 크리스토프』의 중국어 번역이라고 하면, 뭐니 뭐니 해도 푸레이의 번역일 것이다. 푸레이는 한자로 쓰면 부뢰傳雷이다. 서양 문학 번역가이자 서양 문화의 소개자로서 그의 이름은 중국에서 외부 세계를 향해 열려 있던 창을 의미했다. 조금 과장한다면 중국인은 서양 문명의 모든 것을 푸레이로부터 배웠다고까지 말해도 좋다. 이는 영화로도 만들어진 다이쓰제의 소설 『발자크와 바느질하는 중국 소녀』(하야카와서방)에서 푸레이가 번역한 발자크의 책 하나가 문화대혁명 시대를 살아온 젊은이의 운명을 바꾼 것을 보더라도 알 수 있다. 그러니 문화대혁명의 폭풍 속에서 일어난 푸레이 부부의 자살이 사람들에게 얼마나 큰 충격을 주었겠는가? 영화감독 천카이거의 『어느 영화감독의 청춘: 나의 홍위병 시절』(고단샤)에 쓰여 있는 그대로이다.

문화대혁명의 폭풍이 지나간 1981년, 푸레이가 가족에게

---

30 1901년생으로 청두, 상하이 등의 프랑스어 학교에서 공부했다. 1924년 로맹 롤랑에게 『장 크리스토프』를 중국어로 번역하고 싶다는 편지를 보내 답신을 받았고, 그 답신이 잡지에 실리며 큰 주목을 받았다. 그는 루쉰의 『아Q정전』을 프랑스어로 처음 번역한 사람이기도 하다.

보낸 편지를 모은 『푸레이 집안의 편지傅雷家書』가 출판되었을 때는 놀라지 않을 수 없었다. 그 가족이 서방 측으로 망명한 아들, 쇼팽 연주자로 알려진 피아니스트 푸충이었다는 사실에 또 한 번 놀랐다. 푸레이는 『장 크리스토프』를 번역했을 뿐만 아니라 실물을 낳아버렸다.[31] 그 아들을 얼마나 크리스토프처럼 키워냈는지는 그 방대한 서한을 보면 잘 알 수 있다(완역은 아니지만 아주 좋은 일본어 번역으로 에노모토 야스코의 『그대여 줄 밖의 소리를 들어라-피아니스트 아들에게 보내는 아버지의 편지』가 있다). 일본인의 눈으로 보면 조금은 시대와 동떨어져 보이는 서한집이 중국에서는 지금까지 100만 부 넘게 팔렸다고 하니, 이 또한 놀랍기 그지없다.

푸레이의 편지는 정말 훌륭하다. 그러나 여기에서 내가 소개하고 싶은 것은 중국 현대의 고전이라고도 할 수 있는 책 『푸레이 집안의 편지』를 세상에 내보낸 출판인에 대해서이다. 그의 이름은 판융이다. 이 이름은 내가 관여하고 있는 동아시아출판인회의의 중국 대표 둥슈위 여사를 통해 알게

---

31 『장 크리스토프』의 주인공인 장 크리스토프는 천재 음악가로 베토벤을 모델로 삼은 캐릭터라고 한다.

되었다. 그렇다고 해서 둥 여사에게 직접 들은 것은 아니다. 둥 여사가 산롄서점 사장으로 재직하던 당시 이른바 중국의『타임』,『뉴스위크』라 할 만한 잡지『산롄생활주간』을 창간했는데, 그 창간 10주년을 기념하는 책 안에 판융 씨가 둥 여사에게 보낸 편지가 수록되어 있었다. 그 편지의 글쓴이 소개란에 그가『푸레이 집안의 편지』를 출판한 사람이라는 내용이 있어 알게 된 것이다.

오늘날 일본에서는 이 책을 편집하여 출판하는 일이 얼마나 곤란했을지 상상하기 어려울 것이다. 푸레이 부부의 명예가 회복되어 그 추도식이 상하이에서 개최된 것이 1979년 4월, 당시까지도 '나라를 배신한 자叛國分子' 푸충의 문제는 여전히 해결되지 않은 상태였다. 출판에 이르기까지의 우여곡절에 대해서는 예융례의『푸레이 그림 전기傳雷画傳』(푸단대학출판사)의「『가서(집안의 편지)家書』를 알아본 판융의 혜안」에 상세히 쓰여 있다. 그 글에 따르면 푸충의 동생 푸민은 1980년 가을이 깊어진 어느 날, 누군지도 모르는 판융이 불쑥 찾아온 일을 떠올린다. '하얀 전문가[32]의 길을 제창하던' 판융 자신도 그 일을 회상하면서『푸레이 집안의 편지』의 출판을 저지하려는 힘이 여전히 강했다고 이야기

　　　2부　내가 만난 사람들

한다.

이 서한집이 아버지(와 어머니)가 아들에게 보내는 편지만으로 구성된 것은 그 편지들이 런던에 남아 있었기 때문이다. 반면에 아들이 아버지에게 보낸 편지는 문화대혁명 와중에 모두 잃어버려 실을 도리가 없었다. 그러나 뜻밖에도 아들이 보낸 편지가 그 모습을 드러내는 날이 찾아왔다. 1986년 5월, 상하이음악학원의 작은 방에 들어차 있던 문화대혁명 시기 홍위병의 전단지와 신문을 쓰레기로 처분할 때 여러 권의 노트가 나왔다. 제목은 『충의 편지 적록摘錄[33] - 학습 경과 (1), (2)』, 『충의 편지 적록-음악 토론 (1)』. 이는 분명 푸레이의 아내가 작은 글씨로 기록한 아들의 편지였다. 『푸레이 그림 전기』는 이렇게 온몸이 떨리는 발견의 순간으로 끝이 난다.

최근에 재미있는 책을 발견했다. 제목은 『나는 얼굴도 못생긴 데다가 상냥하지도 않아-만화 판융』(산롄서점). 이 기묘한 제목은 인기 가수인 자오촨의 히트곡 〈나는 얼굴은 못

---

32 여기서 흰색은 공산당의 붉은색에 대비하여 사용한 것으로 '하얀 전문가의'는 '반혁명의'라는 뜻이다.

33 적록이란 나중에 참고하기 위해 간단히 적어두는 것을 말한다.

생겼지만 매우 상냥하지〉에서 따왔다. 만화를 사랑하고 만화가를 키워온 편집자 판융의 글과 만화가 딩충이 그린 초상화로 구성된 대단히 멋진 책이다.

또한 최근에 동아시아출판인회의의 구성원인 산롄서점의 왕자밍 씨에게서 그가 편집한 멋진 책을 선물받았는데, 제목은 『예위 북 디자인葉雨書衣』이었다. 판융의 호인 '예위'는 여가를 뜻하는 '예위業余'와 발음이 같다. 이것은 일을 하는 짬짬이 판융 씨가 직접 장정을 한 책들의 도록이다.

5장

당신은 이 세상 사월의 하늘

– 중국의 국장을 디자인한 여성

    중화인민공화국의 국기는 오성홍기, 국가는 〈의용군 행진곡〉이다. 이 두 가지는 올림픽에서 보고 들을 때면 매우 익숙하다. 그렇다면 그 밖에 국장國章(중국어로는 국휘國徽)이라는 것이 있다는 사실을 알고 계신가? 톈안먼의 누각에 바로 그 국장이 걸려 있다. 금색 테두리에 붉고 둥근 이 휘장을 전국인민대표대회 영상 등에서 본 사람도 있을 것이다. 지금부터 이 국장을 디자인한 여성에 관한 이야기를 하려고 한다.

이 여성의 이름은 린후이인으로 그 모습을 처음 본 것은 중국 근현대사 전문가로 세계적으로 유명한 하버드대학의 존 페어뱅크 박사가 쓴 『중국 회상록』에 실린 한 사진에서였다. 젊은 남녀가 찍힌 사진에 '중국 친구. 건축사가인 량쓰청과 그의 아내 필리스. 1930년대 초의 조사 여행에서'라는 설명이 쓰여 있었다. 중국 근대 제일의 계몽사상가 량치차오의 아들이자 중국 건축사 전문가인 량쓰청의 이름은 알고 있었지만 그의 아내 필리스는 어떤 인물일까?

최초로 이 의문에 답을 해준 사람은 중국의 편집자로 늘 일본어-중국어 통역을 해주시는 마젠취안 씨였다. 더욱이 나의 관심이 어디에 있는지를 꿰뚫어보고 "그분은 미인이 틀림없지요"라고 했다. 확실히 눈이 번쩍 뜨이는 미인이었다. 1920년 16세에 런던에서 아버지인 린창민과 함께 찍은 사진이 남아 있는데, 이해에 린후이인은 1차 대전 이후에 시찰 여행을 다니던 아버지와 함께 유럽을 여행했다. 린창민은 량치차오의 맹우로서 중국 근대화에 헌신했고 법제국 국장을 역임하기도 한 입헌 정치가였다.

마젠취안 씨는 이렇게 덧붙였다.

"린후이인은 건축사가로서도 량쓰청보다 뛰어났어요. 량

쓰청이 쌓은 업적의 일부는 린후이인의 것이기도 해요. 린후이인은 중국의 모든 인텔리 남성이 동경하던 대상이었지요."

이 대화를 계기로 여러 가지 조사를 하는 과정에서 마젠취안 씨의 말이 무슨 뜻인지 서서히 밝혀졌다.

자세히 살펴보니 린후이인에 대한 책이 매우 많이 출판되어 있었다. 처음 입수한 것은 '미려와 애수' 시리즈의 한 권으로 『진실의 린후이인』(등팡출판사)이었던 것으로 기억한다. 이 책에는 린후이인의 사진이 많이 실려 있었다. 출간은 2004년. 이해는 린후이인 탄생 100주년, 이듬해인 2005년은 사후 50년이라 이 두 해에 걸쳐 출간된 책이 대단히 많았다. 지금 내가 가지고 있는 것만 해도 2003년에 출간된 '백년가족' 시리즈의 『린창민·린후이인』(허베이교육출판사·광둥교육출판사), 2004년에는 『린후이인-진실을 찾아서』(중화서국), 『량쓰청, 린후이인과 나』(타이완 롄징출판사), 그리고 칭화대학 건축학원이 편집한 『건축사 린후이인』(칭화대학출판사), 2005년에는 『린후이인 그림 전기-한 유미주의자의 정열』(21세기출판사), 중국현대작가작품도문 시리즈의 하나인 『당신은 이 세상 사월의 하늘』(중국원롄출판사) 등이다. 린후이인의 인기가 어느 정도인지 잘 알 수 있다. 이 책의 산을 보고는 나의 수집벽에 나 자신이 질려버렸다.

이야기를 다시 원점으로 돌려보자. 이야기의 재료는 산더미처럼 있으니까. 런던에서 린후이인은 한 남성과 운명적인 만남을 한다. 컬럼비아대학을 졸업하고 버트런드 러셀 아래에서 철학을 공부하려고 찾아온 시인 쉬즈모였다. 시인은 린후이인과 사랑에 빠졌다. 후에 중국의 시 세계에 신기원을 여는 이 시인은 린후이인에게 문학으로 들어가는 문, 시인으로의 길을 열어준 은사라고 할 만한 사람이 되었다. 시인은 저장성 갑부의 아들로서 처자식이 있었지만 린후이인과 만나고 이혼까지 생각하게 되었다. 노련한 정치가 린창민도 난감하지 않을 수 없었다. 1921년 가을 린창민은 딸과 함께 런던을 떠날 결심을 하고 귀국길에 올랐다.

이렇게 쓰고 보니 마치 멜로드라마 줄거리를 쓰고 있는 것 같아 곤란하기만 한데, 실제로 쉬즈모와 그를 둘러싼 세 명의 여성, 첫 번째 아내 장유이, 두 번째 아내 루샤오만, 그리고 연인 린후이인에 관한 이야기는 〈이 세상 사월의 하늘〉이라는 제목의 대하드라마로 제작되었다. 그 일부를 유튜브에서 번체자 자막과 함께 볼 수 있었는데, 지금은 어떨

지 모르겠다. 세 여성 모두 각기 개성 있고 매력적이지만 이 세상에서 그런 관계가 무사히 성립될 리 없고, 그러니 멜로 드라마가 되지 않을 수 없었던 것이다.

여하튼 린창민은 귀국하자마자 량치차오의 아들 량쓰청과 딸의 약혼을 확실히 하려고 서둘렀다. 마지막에는 린후이인도 량쓰청을 택했다. 한편 시인은 아내와 이혼을 하고 린후이인의 뒤를 쫓듯이 1년 후에 귀국했다. 그는 그다음 해인 1923년 문학 결사인 '신월사新月社'를 창립하고, 베이징대학 영문과 교수로 부임했다. 그리고 1924년 4월, 량치차오와 린창민의 초대로 중국을 방문한 인도의 시성 타고르의 통역을 맡았는데 부통역자로 린후이인을 임명하고 동행하여 량쓰청 누이의 분노를 사기도 했다.

타고르와 쉬즈모가 일본으로 떠난 뒤 곧바로 량쓰청과 린후이인은 함께 미국 유학길에 올랐다. 여기서 두 사람의 길이 건축 쪽으로 정해졌다. 린후이인이 스무 살 때의 일이다. 이 결정에는 린후이인의 의지도 반영되었으리라 짐작하는데, 아이러니하게도 두 사람이 입학한 펜실베이니아대학의 건축과에는 여성이 들어갈 수 없어서 린후이인은 하는 수 없이 미술과로 진학했다. 그때 영어 이름을 필리스라

고 했다. 건축과를 선택한 것이 린후이인의 의지라고 한 것
에는 근거가 있다. 필리스 린은 당시 미국의 지방지『몬타나
신문』에「중국의 딸, 조국의 예술을 구하기 위해 헌신하다」
라는 제목으로 소개되었는데, 가냘픈 몸으로 거대한 건축을
주제로 삼았고 린후이인의 말에는 유머와 겸손함이 가득하
다는 내용이었다. 미국 기자도 린후이인에게 매료당했던 듯
하다.

유학 중에 량치차오가 두 사람에게 보낸, 당시 새롭게 발
견된 송나라 시대의 건축서『영조법식』은 두 사람이 중국
건축사를 평생의 업으로 삼는 하늘의 계시가 되었다. 맥없
이 쓰러질 만한 사건도 있었다. 필리스의 아버지 린창민이
군벌 쟁투의 와중에 불의의 죽음을 맞이한 것이다. 귀국하
려는 린후이인을 만류하고 계속 지원한 것도 량치차오였다.

펜실베이니아대학을 졸업한 뒤 량쓰청은 하버드대학에
서 논문을 완성했고, 린후이인은 예일대학에서 무대 미술을
공부했다. 1928년 3월 두 사람은 캐나다의 오타와에서 결혼
식을 올리고 신혼여행을 겸해 유럽을 여행한 뒤 소련을 경
유하여 귀국길에 올랐다. 한편 두 사람이 유학하던 기간에
쉬즈모는 친구의 아내 루샤오만과 재혼하여 량치차오를 화

나게 했고, 이 무렵에는 아내의 낭비벽 때문에 애를 먹고 있었다.

마치 연표와 같이 서술하고 있어 송구하지만, 국장의 디자인 이야기를 하려면 좀 더 서둘러야겠다. 두 사람은 귀국한 1928년 가을에 둥베이의 군벌 장쉐량이 학장을 맡고 있던 선양의 둥베이대학으로 초빙되어 건축과를 만드는 데 관여한다. 이듬해인 1929년 량치차오가 죽고, 그해 가을에 린후이인은 장녀 짜이빙을 낳았다. 이해에 중국의 고건축을 연구하는 기구인 중국영조학사中國營造學社가 창설되었고 두 사람이 가입한 것은 말할 나위도 없다. 그러나 이 무렵 린후이인은 건강을 해쳐 대학에서 사직하고 베이징으로 돌아갔다. 1931년 폐결핵을 진단받고, 베이징 서쪽 교외의 샹산에서 요양 생활을 했다.

쉬즈모는 종종 샹산의 후이인을 찾아갔다. 7월에는 후이인에게 바치는 시「당신은 간다」를 썼다. 친구인 철학자 진웨린은 그 시를 "자네의 최고 작품"이라며 상찬했다. 11월 19일 후이인은 중국 내 외국 사절들을 위해 '중국의 건축 예술' 강연을 하게 되었다. 평소라면 쉬즈모도 분명 청강을 하러 갔을 것이다. 그러나 그는 강연장에 나타나지 않았다. 상하이에서 출발한 비행기가 짙은 안개 속에서 착륙에 실패했던 것이다. "즈모-죽음. 누가 이 두 단어가 함께하게 될 줄 알았겠는가. 이토록 생생하게 살아 있는 사람, 이토록 장년의 정점에 있던 사람, 이토록 아이 같은 영혼과 순진함을 가진 사람. 누가 그의 죽음을 생각할 수 있었을까."(린후이인, 「즈모를 애도하며」). 쉬즈모는 시인, 34세였다.

만주사변이 발발하던 해, 량쓰청도 션양의 둥베이대학을 떠나 베이징 둥청 베이쭝부 후퉁3호의 사합원四合院[34]으로 거처를 정하고 일가가 함께 살기 시작했다. 그 집의 응접실은 '타이타이太太(아내, 여주인, 부인 등을 뜻한다)의 살롱'이라 불렸고, 당시 문단의 거장과 학자들이 모여들었다. 작가 샤오첸은 다음과 같이 회상했다.

"린후이인의 이야기는 학식과 견식이 있고, 설봉舌鋒이 날카로운 비평이었다. 영국의 존슨 박사 옆에 보즈웰이 있었던 것처럼 린후이인 옆에서 누군가 그 기지 넘치고 유머로 가득한 이야기를 받아썼다면, 틀림없이 멋진 책이 만들어졌

---

34 중국 허베이 지방의 전통 가옥 양식으로 동서남북 사면의 건축물 가운데에 정원을 두고 있다. 베이징의 작은 골목인 후퉁胡同에서 볼 수 있다.

을 것이다!"

살롱의 단골손님 가운데는 앞서 언급했던 존과 윌마 페어뱅크 부부도 있었다. 1932년 미국에서 온 존은 윌마와 베이징에서 결혼하고 칭화대학의 장팅푸(소련 대사와 최초의 유엔 대사를 역임) 아래서 외교사를 공부했지만, 고건축 조사 여행에도 동행했다. 페어뱅크 부부는 1935년 허베이 침략을 획책하던 일본에 대한 학생들의 항의운동인 '12·9운동'이 고양되던 시기 크리스마스 날에 중국을 떠났다.

앞에서 이름을 언급했던 진웨린도 살롱의 단골 또는 그 이상이었다. 살롱 응접실의 문을 하나 열면 진 선생 집의 뜰이었다. 바로 이웃집에 살았던 것이다. 그 또한 후이인에게 애정을 품고 있었다. 그러나 그런 마음은 이루어질 리 없었고, 그는 평생 독신으로 살다가 량쓰청과 린후이인 부부가 죽은 뒤에는 그 아이들과 만년을 보냈다.

량쓰청과 린후이인 부부가 후세에 남긴 최대의 업적인 고건축 조사에 관해서도 이야기해야겠다. 조사는 1930년부터 1945년에 걸쳐 점점 다가오는 전화와 경쟁하듯이 쫓기듯 이루어졌다. 두 사람의 발걸음이 닿은 곳은 15개의 성, 200개 이상의 현에 이른다. 그들이 조사한 200개 이상의 고건축 측량 자료와 그에 기초한 그림은 중국의 건축 문화를 세계에 알렸다. 예를 들면 허베이성 자오현의 대석교, 산시성 잉현의 목탑, 우타이산의 불광사 등이다. 이 조사를 통해 량쓰청은 중국 고건축 구조의 비밀을 밝히고, 『영조법식』을 해독할 수 있었다. 린후이인은 「중국 건축의 몇 가지 특징을 논함」(1932년)을 집필했고, 그 밖에도 두 사람이 함께 수많은 조사 보고서를 발표했다.

그중에서도 최대의 발견은 우타이산 불광사 대전에서 일어났다. 당나라 대중大中 연간의 연호(857년)를 발견한 것이다. 이는 절 이름 그대로 두 사람에게 부처의 빛이 쏟아져 들어온 순간이었다. 그들이 계속 찾아다녔던 중국에서 가장 오래된 당나라 시대 목조 건축물이 발견된 것이다. 량쓰청의 『도상 중국 건축사』 첫 페이지에 바로 이 불광사 대전의 그림이 실려 있다.

이 발견은 1937년 7월 7일의 일이었고, 두 사람은 12일에 베이징으로 돌아왔다. 이 날짜에 주목해주기 바란다. 7월 7일은 바로 노구교蘆溝橋(루거우차오) 사건이 일어난 날, 즉 중일전쟁이 시작된 날이다.

7월 29일, 베이징이 함락되었다. 일본군 점령하의 베이징을 탈출한 지식인들의 유랑이 시작되었다. 9월, 린후이인 일가는 톈진으로 옮겨 갔다. 10월에는 더 남하하여 후난성 창사에 도착했다. 당시 이곳에 베이징대학, 칭화대학, 톈진의 난카이대학이 함께 국립창샤임시대학을 설치했다. 그러나 12월에 난징이 함락되고 전화가 닥쳐오자 임시대학은 더 밀려 내려가 윈난성 쿤밍으로 옮겨 가게 되었다. 린후이인 일가는 가장 빨리 창사를 떠난 그룹에 속했다. 그러나 린후이인이 도중에 폐렴에 걸려 2주간 요양을 하는 바람에 39일이 걸려 이듬해인 1938년 1월 중순에야 쿤밍에 도착했다. 5월 4일, 임시대학은 국립시난연합대학으로 개칭하여 개교했다.

이 대학에는 구미에서 공부하고 돌아와 중국에서 새로운 학문을 창시한 학자들이 결집해 있었다. 예를 들면, 미국에서 민속학을 배운 원이둬, 프랑스에서 언어학을 배운 왕리, 미국 철학을 배운 펑유란, 영국에서 문학을 배운 모더니즘 시인 주쯔칭 등이다. 춘추전국의 제자백가 이후 중국 최고의 문화가 여기에 있었다고까지 이야기하는 사람이 있다. 1960년대에 그들의 중국 문명 연구를 접하고 경탄했던 나는 그러한 평가에 대해 구체적으로 긍정할 수 있는 부분이 있다. 이 '백가'에 건축사가인 두 사람도 가세한 것이다.

놀랍게도 량쓰청과 린후이인 부부는 이 고난에 찬 유랑의 나날을 선명하게 기록으로 남겼다. 1935년 중국을 떠나 미국으로 돌아간 페어뱅크 부부에게 보낸 편지를 통해서였다. 편지는 중화인민공화국 건국 직전까지 계속되었다. 이를 알게 된 것은 타이베이의 서점에서 산 중국중앙텔레비전(CCTV)의 〈량쓰청 린후이인〉이라는 다큐멘터리 프로그램 DVD를 통해서였다. 여덟 시간이나 되는 이 프로그램은 중국 현대의 한 풍경이기도 한데, 두 쌍의 부부가 주고받은 서한을 하나의 축으로 삼아 전개되었다.

1940년 가을, 일본군이 베트남 북부를 점령하여 쿤밍을 겨냥한 폭격이 거세지자 그곳도 안전하지 않게 되었다. 중앙연구원 역사언어연구소 부속기구가 된 중국영조학사는 쓰촨성 리좡으로 옮겨 가게 되었다. 영조학사 대표였던 량쓰청 일행은 12월 리좡에 도착했다. 전기도 없는 마을이었다.

여기에 영조학사의 조사 여행에서 측량한 도화[35]와 그 후에 대해 언급해두겠다. 그 그림들은 두 사람이 베이징을 떠

---

35 고건축물을 측량해서 그려둔 그림.

날 때 톈진의 영국 조계지에 있는 은행 지하창고에 맡겨졌
다. 자녀들의 회고에 따르면, 수년 후 그곳이 수해를 당했다
는 연락이 왔을 때 두 사람은 눈물도 흘리지 않고 울음소리
도 내지 않았다고 한다.

리좡 마을에서 린후이인은 존 페어뱅크와 다시 만났다.
1942년 9월, 미국 전시정보국의 주중 대표로 충칭에 온 페
어뱅크는 량쓰청과 만나 배편으로 리좡으로 향했다. 그 무
렵에 린후이인은 병상에 눕는 일이 많았다. 한때 상하이에
는 린후이인이 폐병으로 죽었다는 소식이 전해지기도 했다.
이듬해인 1943년 영국 대사관부 소속으로『중국의 과학과
문명』이라는 큰 저작으로 알려진 조지프 니덤 박사도 리좡
에 와서 후이인을 만났다.

1945년 여름, 이번에는 윌마 페어뱅크가 미국 대사관의
문화 담당이 되어 찾아왔다. 8월에 일본의 항복 소식이 전
해졌고, 충칭은 항전 승리의 분위기로 들끓었다. 충칭에서
윌마는 량쓰청을 만나 리좡으로 갔다. 윌마는 가마를 탄 린
후이인의 곁을 걸었다. 두 사람은 함께 찻집으로 가서 승리
를 축하했다.

11월 량쓰청과 린후이인은 5년 동안 지낸 마을에 이별

을 고하고 충칭으로 이사했다. 그러나 충칭은 습기가 많아 폐병에 좋지 않다는 주변 사람들의 주선으로 이듬해인 1946년 2월 다시 쿤밍으로 옮겨 병을 치료하고 요양을 하게 되었다.

그러다 7월 초 다시 충칭으로 돌아갔다. 7일에 페어뱅크 박사는 상하이에서 미국으로 돌아갔다. 31일에는 량쓰청과 린후이인 부부, 진웨린 등 시난연합대학 교수들이 비행기로 충칭에서 베이징으로 돌아갔다. 이후 량쓰청은 칭화대학 건축학과 주임이 되었다.

1947년 3월에는 윌마가 귀국을 앞두고 난징에서 량쓰청과 린후이인 두 사람에게 작별을 고했다. 이 시기에 량쓰청은 11만 자에 이르는 『중국 건축사』 집필을 끝낸 후였던지라 피로가 극에 달한 상태에서 린후이인과 함께 『도상 중국 건축사』 작업으로 밤까지 일했다. 그 후 『도상 중국 건축사』 원고는 40년 가까이 행방불명이 되었는데, 우여곡절은 있었지만 윌마의 노력으로 1984년 매사추세츠공과대학(MIT)에서 출판되어 그해에 건축지에서 주는 우수 도서상을 수상했다.

1948년 3월 21일 결혼 20주년. 량쓰청과 린후이인은 친한 벗들을 집으로 초대하여 차를 대접하고, 송나라 도성 건축에 관한 학술 연구 보고로 이날을 축하했다.

12월 12일, 린후이인은 존 페어뱅크에게 편지를 보냈다.

"아마도 우리가 미국에 있는 두 분께 자유롭게 편지를 쓸 수 있는 것은 앞으로 한두 달 정도일 거라고 생각합니다. 만약 우리가 오래 만나지 못하게 된다면—여기는 정말 큰 변화가 일어나려 하고 있습니다. 우리에게는 어떤 변화가 일어날까, 그것이 내년일까 한 달 후일까 알 수가 없습니다만."

이 편지가 두 쌍의 부부가 여러 해에 걸쳐 주고받은 편지의 마지막이 되었다.

마지막 편지를 쓴 다음 날, 인민해방군은 칭화위안으로 진주하여 베이징을 위협했다. 량쓰청과 린후이인은 인민해방군으로부터 보호해야 할 고건축의 위치를 군용 지도에 표시하라는 요구를 받았다. 이에 두 사람은 조금은 안심할 수 있었다.

중화인민공화국 건국이 눈앞으로 다가온 1949년 7월 10일, 전국정치협상회의준비회는 "국기, 국장의 도안 및 국가의 가사와 악보를 구한다"라고 발표했다.

10월 1일, 중화인민공화국 건국. 이듬해인 1950년 6월 11일, 정무원 총리 저우언라이는 린후이인과 또 다른 한 사람에게 국장 도안 설계의 기초를 만드는 책임을 부여했다. 곧바로 칭화대학 건축학과 안에 설계팀이 조직되었다. 디자인 방향은 "풍경화 같아서는 안 되고, 상표 같아서도 안 되며, 장중해야 한다"였다.

칭화대학 설계팀의 국장 디자인은 6월 23일 전국정치협상회의 대회의에서 만장일치로 통과되었고, 28일 인민정부 회의 심의도 통과했다. 9월 20일, 마오쩌둥은 중화인민공화국 국장 도안을 공포하는 중앙인민정부령에 서명했다.

이해에 린후이인은 베이징시 도시계획위원회 위원 겸 건축설계사로 임명되었다. 1950년에는 수도인민영웅기념비 건축위원회 위원에 임명되어 기념비 하단의 큰 받침대(대좌臺座) 부분의 장식 디자인을 담당했다. 이 장식은 톈안먼광장에 서 있는 비의 하부에서 지금도 볼 수 있고, 린후이인의 묘에도 새겨져 있다.

묘 이야기까지 하게 되었다. 린후이인의 인생을 따라 줄곧 달려온 이 글도 이제 목적지가 보인다. 전후 린후이인이 쓴 건축에 관한 논문들을 살펴보자. 「현대 주택 설계의 참고」(1945년 10월), 「북경-비교 불가한 도시 계획의 걸작」 (1951년 4월. 량쓰청의 서명이 있지만 발문에서 린후이인과의 합작 이라고 밝혀놓았다), 「베이징의 몇 가지 문물과 건축」(1951년 8월), 「『도시계획대강』 서문」(1951년 7월. 량쓰청과 린후이인 두 사람의 서명), 「다빈치-위대한 예견을 갖춘 건축 기술자」 (1952년 5월. 두 사람의 서명), 「우리의 수도」(1952년 1월~6월 잡 지 연재), 「화평예물」(1952년 8월), 「『중국건축채화도안』 서 문」(1953년 집필, 사후 1955년에 출판). 이 논문들은 린후이인이 베이징이라는 오래된 도시에 품었던 애정과 그에 관한 작업 의 집대성이며 중국 건축 채색화집이라고도 말할 수 있다.

1955년 4월 1일 이른 아침, 린후이인은 세상을 떠났다. 어느 전기 작가는 린후이인의 이른 죽음이 너무나 마음 아 프지만 행운이기도 했다고 기록했다. 그해 2월, 전국의 건 축학계에서는 이른바 량쓰청이 창도한 '복고주의', '형식주 의'에 대한 비판이 시작되고 있었다.

쓰촨성의 리좡은 이른바 20세기의 제자백가라고 할 수 있는 중국의 대표 지식인들이 일본의 지배와 전쟁을 피해 도망가 은둔해 살던 땅으로 지금은 그들이 살던 누옥陋屋이 관광 명소가 되었다고 한다. 일본에서 정말 먼 곳에 중국의 현대사가 살아 있고, 린후이인이라는 여성은 그 주인공이었다고 말할 수 있을 것이다.

나는 시심이 없기 때문에 린후이인의 시문에 대해서는 전혀 언급하지 않았다. 끝으로 책과 드라마의 제목이 된 린후이인의 시「당신은 이 세상 사월의 하늘 ─ 한 편의 사랑 찬가」의 마지막 절을 소개하겠다. 이 시는 1934년에 어린 아들을 위해 썼다고 한다.

"당신은 나무에 피는 꽃, 처마 끝에서 지저귀는 제비 ─ 당신은 사랑, 따뜻함 그리고 희망, 당신은 이 세상 사월의 하늘!"

추기

이 글을 우연히 본 이와나미서점의 다카하시 고지 씨가 『이소자키 신건축 논집』제6권을 보내주었다. 그 책에 수록된「1950년의 량쓰청과 단게 겐조」라는 글에 량쓰청과 단게 겐조가 각각 설계한 베이징의 인민영웅기념비와 히로시마의 평화기념공원위령비의 건축 사상이 비교되어 있었다. 이 글에서 가장 놀라웠던 것은 워싱턴의 베트남 참전용사기념관을 설계한 마야 린(린잉)이 린후이인의 조카라는 내용이었다. 베이징과 워싱턴의 기념비적 건축물의 설계자가 숙모와 조카였다니. 예일대학 학생이었던 마야 린은 설계 공모전에 참가하여 우승했다고 한다(1981년). V자형의 검은 다듬돌 벽에 전역 병사의 이름을 새긴 단순한 디자인을 미국 재향군인회가 맹렬하게 반대하는 바람에 싸우는 병사의 상도 함께 배치하는 것으로 타협을 도모했다는 이야기가 전한다. 미국에서 활약하는 건축가 마야 린의 이야기도 매우 흥미롭다.

6장

도다 긴지로 부자 이야기

에도 막부 말기의 미토번에 도다 긴지로 다다아키라라는 사무라이가 있었다. 나의 먼 조상으로 할머니의 할아버지뻘 되는 사람이다. 그에게는 세 명의 아들이 있었고, 그중의 삼남인 도사부로가 나의 증조부이다.

도다 긴지로 다다아키라를 어떻게 소개하면 좋을까 생각하던 차에 언젠가 NHK 대하드라마에 그가 등장했던 것을 문득 떠올렸다. 얼른 인터넷으로 검색해보니 'NHK 방송사 대하드라마 전체 목록'이라는 너무나 충실한 웹사이트가 있었고, 데이터도 아주 잘 갖추고 있었다. 1998년에 방영된 〈도쿠가와 요시노부〉에서 오코치 히로시라는 배우가 도다를 연기했다. 그 웹사이트에 도다에 대해 간략하지만 요점을 잘 잡은 소개가 있었다. 그것을 바탕으로 대략 소개하면 다음과 같다.

1804년생. 1829년에 도다는 미토 번주의 후계 문제로 후지타 도코와 함께 나리아키를 옹립하기 위해 분주하게 뛰어다녔다. 나리아키가 번주가 된 후에는 에도통사江戸通事[36], 집정執政으로 승진했고, 후지타 도코와 번정 개혁을 추진하여 '미토의 두 다[田]'[37]라고 불렸다. 그러나 1844년 나리아키의 은거 근신[38]과 함께 면직되었다. 1853년(페리 내항의 해)에 처분이 해제되어 막부의 해방계海防係[39]가 되었고, 후

---

36 통사通事는 외국과의 무역을 위한 통역사를 가리킨다.

37 후지타藤田와 도다戸田 두 사람의 이름에 모두 다(田)가 들어 있어서 붙은 별명이다.

38 나리아키는 미토번의 제9대 번주이자, 최후의 쇼군 도쿠가와 요시노부의 친부이다. 번정 개혁에 성공했으나, 쇼군 후계 싸움에서 이이 가문에게 패배하여 칩거를 강요당했다.

39 막부 말기의 대외 문제 처리 및 그와 관련된 국내 정책 입안, 해안 방어 등을 담당한 직위.

에 집정으로 복귀했다. 안세이대지진[40] 때 압사당했다.

도다가 내 마음에 들었던 것은 우선 나리아키나 도코처럼 신이 되지 않았다는 점이다. 안세이대지진 때도 늙은 어머니를 구하려다가 죽은 도코 같은 미담은 없다. 미토번 에도 저택(지금의 고라쿠엔)이 무너지자 손도 쓰지 못하고 그 아래에 깔려 그냥 죽은 것이다. 나리아키는 도키와 신사에 모셔졌고, 도코는 내가 태어난 1940년에 기원 2600년 기념사업으로 그를 모시는 도코신사를 창건하는 일이 심의되기도 했다(이와 관련된 사항은 하가 노보루 씨의 역작『근대 미토학 연구사』에 자세히 기술되어 있다).

물론 이는 도다에게는 나리아키나 도코 같은 카리스마가 없었다는 이야기이기도 하다. 그런 도다의 인간성을 후지타 도코는『가이텐시시』에서 이렇게 평했다.

"차분하며 도량이 넓고, 행동거지가 조용하며 우아하다. 사람을 사랑하고 사물을 받아들이는 태도에서는 이마이(번정 개혁의 중심인물 중 한 사람으로 동지였다)와 후지타는 도다에게 필적이 되지 않는다."

40 1850년대에 일본 각지에서 잇달아 일어난 대지진.

사려가 깊고 도량이 넓으며 게다가 우아한 사람으로 보이지 않는가? 후지타 도코는 자신에 대해서는 "고금에 잘 통하고 여러 가지 사태에 대단히 통달하며 뜻을 세우면 변하지 않는다는 면에서 도다와 이마이는 후지타에게 필적이 되지 않는다"라고 평가했다. 조금 과장해서 이야기하면, 후지타와 도다의 관계는 마오쩌둥과 저우언라이의 관계에 견줄 수 있을 것이다.

후지타와 도다는 근신 칩거 기간이 길었다. 그 사이에 후지타는『가이텐시시』,『히타치오비』같은 후세에 사상적 영향을 주는 주요 저작을 저술했다. 도다도 몇 편의 글을 남겼다. 그의 유문은 서간과 일기까지 포함하여 도다의 장남의 아들 도다 야스타다의 손으로『호켄이 남긴 풍조』(호켄은 도다의 호) 전 2권으로 대부분 활자화되었다. 그중에「산기슭으로 가는 길의 머리말」(덴포 15년[1844] 갑신 가을, 집안의 아이를 훈계하여 씀. 고이시가와 나가야에 칩거 중)이라는 글이 있다. 30년 정도 전에 읽었는데, 다음의 한 구절에 이끌렸다.

"사람을 알고자 할 때에도 자기 스스로가 마음을 공적으로 갖지 않으면, 나쁜 일이 하나 정도 있다고 듣게 될 것이다. 그리고 그 외에 좋은 것이 있어도 (특별히) 좋다고 생각하지 않고, 그냥 그대로 좋다고(즉 공적으로) 생각하는 사람이 되면, 나쁜 일도 생각하지 않게 된다."

마음속에 항상 공적인 기준을 가지라는 것이다. 모든 것은 공적인가 아닌가를 기준으로 판단하라는 이 구절은 도코가 도다에 대해 평가했던 말 "사람을 사랑하고"와 함께 큰 울림을 준다.

『호켄이 남긴 풍조』에서 또 하나 인상 깊었던 것은 에도에 단신 부임한 도다가 미토의 가족에게 보낸 30여 통의 서신이다. 대부분은 '치토세 님'으로 시작되는 아내에게 보낸 편지이고, 일부는 장남 '가메노스케 님'에게 보낸 편지이다. 한 통 한 통이 모두 상당히 장문이고, 에도에서의 생활이나 가족에 대한 감정이 아기자기한 필치로 쓰여 있다.

"치토세 님께, 도지로, 도사부로도 책을 잘 읽는다고 하니 기쁘게 생각합니다. 도지로에게는 무엇을 읽히는지요, 도사부로는 아직 『논어』라고 알고 있습니다."

장남 가메노스케에게는 『역사강감』이나 『사기』를 보냈는데, 도사부로는 '아직 『논어』'라고 한다면 상당한 차이가 있다.

사려가 깊고 도량이 있는 도다와 뜻을 세우고 흔들리지

않는 도코, 이 '두 다'를 안세이대지진에서 한꺼번에 잃은 미토번은 거의 내전 상태에 빠지게 된다. 양상은 복잡해서 한마디로 설명하기는 어려운데, 단순하게 이야기하면 번정의 실권을 쥐고 있던 수구파, '두 다'를 잃은 개혁파, 존황양이의 과격파인 덴구도天狗堂로 갈라져 피로 피를 씻는 싸움이 되었다. 이 싸움 가운데 도다의 장남인 가메노스케(가독家督[41]을 이어받아 긴지로 다다노리라는 이름을 사용했다)도 유폐된다. 아버지 도다 긴지로 사후 10년, 『호켄이 남긴 풍조』에 실려 있는 「도다 긴지로 부자 연보」의 마지막 줄에는 이렇게 쓰여 있다.

"게이오 원년(1865년) 7월 5일 병사(나이 37세). 가다랑어 사시미를 먹고 죽다. 독살이 의심된다. 그 이래로 도다가에서는 가다랑어 회를 꺼려하고 먹지 않는다."

다행히도 가토가에는 그러한 터부는 없다.

당쟁의 끝, 1864년. 후지타 도코의 넷째 아들 고시로가 이끄는 덴구도가 쓰쿠바산에서 거병했다. 갈 곳을 잃은 덴구도는 교토에 있는 주군 도쿠가와 요시노부에게 존황양이를

---

41 집안의 대를 이어 나갈 사람을 뜻하는 말.

호소하고자 막부가 내린 덴구도 토벌의 명을 받은 제 번을 가로질러 서쪽으로 향하는 운명의 여로에 나선다.

나카센도[42]를 따라 서쪽으로 향하는 덴구도의 낭인들을 기후현의 나카쓰가와 근처에 있던 히라타 국학자[43]들이 동지로 따뜻하게 받아들여준 사실은 잘 알려져 있다. 2012년 히메카이도(=나카센도) 400주년에 나카쓰가와에서 진행한 기념사업으로, 이 땅에 전해져오는 지역 가부키의 공연 목록 중 하나인 〈왕정복고 금지기양 요코타 모토쓰나 용전기 王政復古·錦之旗揚 橫田元綱勇戰記〉[44]가 상연되었다고 들었다. 이 공연은 덴구도가 와다 고개의 산기슭에 있던 야하타신사 사전社殿에서 나카쓰가와주쿠를 출발할 때까지를 그리고 있

---

42 에도 시대에 정비된 5가도 중 하나. 에도의 니혼바시와 교토의 산조하시를 잇는 가도이다.

43 히라타 아쓰타네가 주창한 에도 시대의 국학. 일본이 사해의 중심이고, 천황이 만국의 군주라고 하는 복고 신도를 주장했다.

44 요코타 모토쓰나는 막부 말기의 무사로 1864년에 아버지와 함께 덴구도의 거병에 참가하였으나 전사하고, 나카센도를 통해 이곳 나카쓰가와에 시신으로 옮겨져 왔다. 이를 가부키로 극화한 것을 가리킨다. 공연 제목에서 금지기錦之旗(=금지어기錦之御旗)는 적군을 정벌하러 갈 때 올리는 깃발로 해와 달을 금은으로 자수하거나 그려서 관군임을 표시한다. 즉 여기서는 왕정복고를 외치며 금지기를 올린다는 뜻이다.

다. 나는 공연을 보지 않아서 잘 모르지만, 제목으로 보면 덴구도의 요코타 도시로가 전사한 아들 모토쓰나를 나카쓰가와에서 장사지내고자 그곳의 중심인물인 이치오카 시게마사, 하자마 히데노리에게 그 머리를 맡기는 대목도 있을 것이다. 이 이야기를 쓴 사람은 나카쓰가와에 거주하던 안무가 이치카와 겐도로 1937년 3월 19일과 20일에 나카쓰가와 아사히자에서 상연했다고 한다. 이 지역 사람들에게 덴구도가 지나갔던 일이 얼마나 인상 깊었던가를 보여주는 예일 것이다.

그러한 예를 하나 더 들어보자. 시마자키 도손의 『동트기 전』에도 다케다 고운사이가 이끄는 미토 덴구도 일행이 기소마고메주쿠를 향해 서쪽으로 가던 모습이 묘사되어 있는데, 그로부터 며칠 후에 나카쓰가와에서 나카센도를 따라 더 내려간 오타에서 일행을 보고 있던 소년이 있었다. 당시 6세였던 일본 근대 연극의 선조 쓰보우치 쇼요는 시내의 상점에서 피로가 극에 달한 일행이 통과하는 모습을 지켜보았다. 나이 든 낭인 중 한 사람이 다가와 "출세해라"라며 소년의 머리를 쓰다듬어주었다. 그는 나중에 그때의 일은 "지금도 꿈같이 기억하고 있다"라고 「학생 시대의 추억」

에 기술했다. 그리고 그의 아버지는 오타의 다이칸쇼代官所[45]의 차관 같은 역할을 했던 인물로 신도론은 히라타 아쓰타네, 위생론은 가이바라 에키켄을 신봉하고 있었다고 한다.[46] 그 후 덴구도는 쓰루가에 겨우 다다르지만 그곳에서 대략 300명 정도가 처형당하는 비극으로 끝난다. 메이지유신 4년 전, 아직도 동트기 전, 쇼요의 말을 빌리면 "다소간의 시골 정취와 약간의 낭만미를 품고 있던 시기"에 발생한 사건이었다.

2004년 봄에 막 개관한 나카쓰가와시 나카센도역사자료관에서 후지타 도코가 나리아키, 도다 등과 주고받은, 두루마리로 만든 12권이나 되는 서간을 보여주었다. 정말 귀중한 것으로 보였다. 그것이 지금 나카쓰가와를 정착할 곳으로 삼아 머물고 있다는 사실이 마치 덴구도처럼 생각되어 역사적 인연처럼 느껴졌다. 미토학과 히라타 국학이라는, 메이지유신 이후에는 허위 의식화되었고 패전 후에는 극복의 대상이 된 두 사상을 짊어지고 변혁을 추구한 사람들의

---

45 다이칸代官이란 영주를 대신하여 임지의 사무를 맡았던 관리이다.
46 신도론은 히라타의 복고 신도를 의미하고, 위생론은 가이바라의 양생훈養生訓을 가리킨다.

서한이 마침 그 역사적 의미를 재검토하려는 기운이 일어나고 있는 바로 그 순간에 여기서 재회한 것이다(그 후 이 서한은 도쿄대학 사료편찬소에서 소장하게 되었다).

마지막으로 나의 증조부 도사부로의 그 이후에 대해 이야기해야겠다. 도사부로는 아버지 도다 긴지로의 유해를 미토로 보내는 임무를 맡았다. 이것이 기록에 남아 있는 마지막이다. 도사부로는 후쿠시마로 도망을 갔다. 조모의 말로는 그는 어깨에서 등에 걸쳐 칼에 베인 큰 상처가 있었다고 하니 어떤 사정으로 목숨이 위태로운 미토에서 도망쳐 끈질기게 살아남았던 것 같다. 그리고 죽음이 가까워졌다고 느낀 어느 날 갑자기 집을 나갔고, 미토로 향하는 가도 옆의 미즈카이도에서 행려병자로 발견되었다. 『논어』는 다 읽었는지 소매 끝에 포켓북 『맹자 1권』을 쥐고 있었다고 한다. 미토의 명물인 아구탕은 아니지만, 아구의 거대한 배에 작은 물고기들이 들어 있는 것처럼 사람들이 큰 시대의 물결에 삼켜지던 시절의 이야기이다.

3부

내가 만난 책들

1장

마루야마문고에 소장된 오규 소라이 관계 자료들

도쿄여자대학의 마루야마마사오문고에는 오규 소라이 관련 필사본과 판본의 복사물이 상당수 소장되어 있다. 이는 마루야마 마사오가 요시카와 고지로와 함께 미스즈서방판 『오규 소라이 전집』의 감수자였기 때문이다. 따라서 대부분은 미스즈서방이 수집한 것이다. 그중에서도 유달리 눈길을 끄는 것은 오규가에 소장되어 있던 소라이 자료의 복사물이다. 이는 1970년대에 오규가가 신주쿠 나이토마치에 있던 집을 개축하느라 지요다구 1번지의 관사(당시 오규가의 당주였던 오규 게이이치는 참의원 운수위원회에 근무하고 있었다)에 임시 거주하고 있을 때 가재도구들과 함께 옮겨진 자료를 미스즈서방이 다카하시 사진관에 위촉하여 촬영한 것이다. 촬영은 오규가 이사하기 전부터 시작되었는데, 관사에 정기적으로 찾아뵈었던 기억이 있다. 이 자료의 복사물은 세 세트를 만들어 한 세트는 오규가, 한 세트는 미스즈서방, 나머지 한 세트는 마루야마가 소장했다. 미스즈서방이 소장한 한 세트는 책을 편집하는 데 사용되어 뿔뿔이 흩어져버린 탓에 오규가가 소장한 것을 제외하면 여기 마루야마문고에 소장된 것뿐이다. 따라서 마루야마가 '오규가 문서'라 불렀던 이 세트는 대단한 귀중본이 되었다.

마루야마는 미스즈서방판 전집에서 「정담」 및 「태평책」이 수록된 『통치론』을 담당할 예정이었다. 담당이라고 하더라도 단순히 편집만 하는 것이 아니라 직접 텍스트를 교정하는 것을 전제로 했다. 따라서 그는 소라이의 이 두 저작물과 관련된 복사 자료를 집중적으로 모아두었다. 그러나 「정담」은 어느 시점에 마루야마 스스로 교정을 단념했기 때문에 다른 곳으로 옮겨져 마루야마문고가 소장하고 있는 소라이 관련 복사물에서는 그다지 많이 발견되지 않는다. 미스즈서방의 오비 도시토가 마루야마에게서 이어받아 「정담」의 교정을 시도한 흔적이 있는 자료는 남아 있다.

마루야마문고에서는 「태평책」의 필사본 복사물을 일련의 소라이 자료와 별도로 간직하고 있다. 따로 보관하는 데는 이유가 있는데, 이는 『오규 소라이 전집』을 위해서가 아니라 이와나미서점의 『일본 사상 대계(36) - 오규 소라이』(1973)에 수록된 「태평책」에 마루야마가 교주校註를 했을 때 사용한 자료이기 때문이다. 『일본 사상 대계』에 수록된 「태평책」을 보면 알 수 있듯이 필사본 간의 한 글자 한 구절의 같고 다름에 대해서도 엄밀하게 주석이 달려 있다. 마루야마와 가까이 지낸 어느 학자는 "이러한 작업은 우리에게 맡기고, 저술에 귀중한 시간을 할애하면 좋을 텐데……"라는 감상을 이야기한 적이 있는데, 누가 보아도 그렇게 보였던가 보다. 그 정도로 마루야마의 교주는 『일본 사상 대계』의 같은 권에 수록된 다른 텍스트와 비교해보더라도 너무나 자세하다. 마루야마는 다른 텍스트의 교주에 불만을 흘리기도 했다.

이 「태평책」의 필사본 복사물을 수집한 것도 미스즈서방이다. 이는 『일본 사상 대계』에 수록된 「태평책 고」의 끝부분에서 마루야마가 오비 도시토의 이름을 거론하며 감사를 전하는 것을 보아도 알 수 있다. 미스즈의 편집자 입장에서 보면, 『일본 사상 대계』에 수록된 「태평책」은 『오규 소라이 전집』의 결정판 텍스트를 위한 워밍업에 불과했으므로 그 후에도 필사본의 복사물 수집은 계속되었다. 마루야마는 새롭게 제공된 필사본에서 그동안 의문을 갖고 있던 한 글자를 해결할 수 있는 문자를 발견하고 기뻐하기도 했다. 마루야마의 마음속에서는 여전히 교주가 계속되고 있었던 것이다. 내각문고[1]본도 그 필사본의 하나였던 것 같지만, 『일본 사상 대계』를 위한 「태평책」의 필사본 복사물 안에서 힐끗 보는 정도로는 그것을 찾아낼 수 없었다.

마루야마는 「태평책」을 교주할 때 자신은 '서지학자'가 아니므로 이것을 선본善本[2]이라고 결정할 수 없고, 따라서 문자의 같고 다름을 상세하게 거론할 수는 없다고 미리 이야기했다. 그렇게 예고했다는 점에서 '서지학'이란 무엇인가라는 인식을 하고 있었던 것을 알 수 있다. 한편으로 문자

1　일본 정부가 세운 도서관이자 문서 보관 기관.
2　자료적, 예술적 가치가 높은 고문헌.

의 같고 다름이 아닌 의미를 설명하는 주 작업은 상당히 즐겼던 것 같다. 예를 들면 '강석講釋'이라는 말에 주를 붙여 '안사이(야마사키 안사이)의 강석중심주의'와 소라이의 '반反강석주의'를 대비시켰다. 후에 이와나미서점의 『일본 사상 대계』 가운데 『야마사키 안사이 학파』의 해설 원고를 썼던 마루야마를 함께 생각해보면 매우 흥미로운 일이다.

그건 그렇고, 여기에서 조금 쓸데없는 이야기를 해보겠다. 비록 복사물이라고 하더라도 필사본 수집은 상당히 즐거운 일이다. 필사본 수집에서 문헌학이 발생하고 그것이 르네상스로 이어진 역사를 생각하면, 여러 종류의 필사본을 수집하고 비교하여 새로운 의미를 발견하면서 텍스트를 편집하는 작업은 단 하나의 작품에 대한 정말로 작은 일이지만, 그 역사를 반복하고 있다는 기분을 느끼게 된다. 마루야마도 「태평책」의 교주 과정에서 틀림없이 그런 기분을 어느 정도는 맛보았을 것이다.

이어서 또 하나 쓸데없는 이야기를 보태겠다. 이 필사본 복사물의 수집을 가능하게 한 것은 1972년 이와나미서점의 『국서총목록』 전 8권의 완결과 1976년 그 『색인』의 간행이다. 이 『국서총목록』과 에도 시대의 『군서류취』, 『고사류원』

세 가지는 일본 출판 역사상 3대 편집물이라 부르기도 하는데, 그렇게 불리는 연유를 내가 직접 사용해보고 잘 알게 되었다. 미지의 필사본, 이본의 발견을 포함하여 필사본 수집을 거의 완벽하게 해주었던 것이다. 『국서총목록』이 오규 소라이를 둘러싸고 우리 미스즈서방과 마루야마가 했던 작업에 힘을 불어 넣어준 것은 분명하다. 그 작업의 일단이 여기 마루야마문고에 남아 있는 것이다.

마루야마가 「태평책 고」를 집필하던 시기에 우리는 미스즈판 『오규 소라이 전집』 출판을 준비하고 있었다. 제1권 『학문 논집』은 「태평책 고」 발표와 같은 해인 1973년에 출간되었는데, 그 준비 단계에서 『국서총목록』에 따라 차근차근 필사본을 수집하려 노력하고 있을 때 사건이 하나 일어났다. 이 권에 수록할 예정이던 「소라이 선생 답문서」의 필사본으로, 게이오기주쿠대학 부속연구소 시도문고에 「소라이의 답신 문서 사본」이 있다는 것을 『국서총목록』에서 알게 되었다. 어느 날, 그것의 복사를 신청하고자 시도문고를 방문했을 때였다. 당시 시도문고의 책임자는 일본 서지학의 일인자 아베 류이치였다. 아베에게 용건을 전하자 아주 심하게 질책을 했다. 무지한 편집자가 갑자기 나타났으니 무리도 아니었겠고, 결과적으로 중대한 과실을 범했으므로 서지학자가 정당한 반감을 드러냈다고도 볼 수 있다. 안되겠구나 하고 생각했는데, 질책을 했음에도 관대하게 복사 자체는 허가해주었다.

여기서 중대한 과실이란 이「소라이의 답신 문서 사본」에 붙어 있던 야마사키 학파의 도모베 야스타카의 비판적 코멘트를 실수로 소라이의 코멘트라고 한 것이다. 상세한 것은 히라이시 나오아키의『오규 소라이 연보 고』(헤이본샤, 1984년)에서 지적하고 있는 그대로이다. 이 과실이 어디서 생겨났는지는 명확하지 않지만, 그때 아베가 말한 대로 복사본이 아니라 원래의 필사본을 편집자가 아니라 전문가가 보고 있었다면 방지할 수 있었을지도 모르겠다. 하지만 그것도 뭐라고 할 수는 없다.

그리고『오규 소라이 전집』에 있는 또 하나의 과실을 여기에 분명히 적어둔다. 제4권의 권두 사진으로 '오규 소라이, 야부신안에게 보낸 서한'을 내걸었는데, 그것을 읽을 때 '사람들이 옛말을 모르기 때문에, 옛날의 도를 알지 못한다 人古言を不存候故, 古色を不存候'라고 한 부분의 '古色'(옛날)은 '古道'(옛날)를 잘못 읽은 것이다. 이에 대해서도 히라이시의 책

에서는 아무렇지도 않게 '古道'라고 바르게 고쳐서 인용했다. 이 편지의 문자는 고문서학 전문가에게 읽어달라고 의뢰했던 것인데, 전문가의 협력만으로는 충분하다고 단언할 수 없음을 증명하는 사례다.

이 두 가지는 사상사를 잘못 해석하는 결과를 초래할 수도 있는 과실이다. 사상사에서 소라이에 대한 기본 지식을 갖추고 임한다면 방지할 수 있는 일이었는지도 모르겠다. 자기반성을 포함하여 그렇게 생각하고 있다. 사상사학과 서지학, 고문서학의 관계는 그리 단순하지 않다. 예를 들면 마루야마가 「태평책 고」에서 문제로 삼았던, 「태평책」이 위서인지 아닌지를 밝히는 것 자체가 만만치 않고, 나아가 사상사학에서 서지학, 고문서학에 대한 경의는 필수적이라고 생각한다. 편집이라는 작업을 진행하면서 근세 사상사 분야의 텍스트 교정이 불충분하다는 점을 통감했다. 『오규 소라이 전집』의 「소라이 선생 답문서」를 활자로 바꿔 쓰는 것은 국어학자인 야마다 도시오가 해주었다. 그 주도면밀한 '범례'만 보아도 알 수 있듯이 결과물은 완벽했다.

시도문고 건은 마루야마에게도 전해졌다. 아베 류이치와 마루야마는 니시 준조와 함께 『일본 사상 대계(31)-야마사키 안사이 학파』교주 작업을 하면서 1980년에 만나게 되는데, 그 만남에서는 이 건에 대한 언급은 없었다고 들었다.

이 권에서 3인의 조합을 보면 상당히 흥미롭다. 수록 작품 교주의 다수는 아베가 담당하였고, 니시는 소수의 특수한 작품 교주만을 담당하였다. 아베의 「해제」는 좋은 의미에서 엄숙주의적이었고, 「해설」도 마찬가지였다. 니시는 한문 해독에 정평이 나 있는 특이한 중국 사상사 학자로, 패전 전의 도덕 교육 사상에 절대적인 영향력을 지녔던 윤리학자인 니시 신이치로의 아들이자 이데올로기적으로는 정반대의 인간이었기에 마루야마가 큰 흥미를 가졌던 것 같다. 나는 니시가 『현대사 자료』의 신간이 나올 때마다 구입하여 그것을 읽는 일을 즐거움으로 삼았다는 것이 무엇보다 인상 깊었다. "이 정도로 재미있는 건 없어. 사상사를 한다면 이 정도는 읽어야지"라고 했다. 사상사의 '사史'의 요소, 역사에 대한 감각을 기르는 데 도움이 된다는 뜻이었을까? 『현대사 자료』라는 이름을 붙이고 각각 맥락이 있는 자료집으로 편집했기 때문에 재미있게 읽었다는 감상을 들으며 저들도 우리와 똑같이 생각하고 있구나 했던 것을 지금도 선명하게 기억하고 있다.

『야마사키 안사이 학파』에 대한 마루야마의 해설은 아베의 해설과는 대조적인데, 문제를 제기하는 방식이라 마루야마의 사상사 논문으로서 독자적인 의의를 갖는다. 그 의의가 무엇인지에 대해서는 내 능력의 범위를 벗어나는 부분이니 여기서는 언급하지 않겠다. 다만 이 3인의 조합이 어디에서 생겨났을까에 대해 이야기해보겠다. 아마도 편집위원이었던 마루야마의 제안이지 않았을까 추측한다. 마루야마는 니시의 해설을 기대했지만, 니시가 고사를 했기에 그 자신이 떠맡을 수밖에 없었다고 들었다. 이 해설을 쓰느라 마루야마는 몹시 초췌해졌다. 주위에서는 가장 자신의 성격과 맞지 않는 안사이의 사상과 격투하느라 체력을 크게 소모했다고 말했다. 그래서인지 글이 일목요연하다. 이 해설을 읽다 보면 마루야마가 사상가로서 그 글의 집필에 생명을 깎아 먹은 이유를 짐작할 수 있다.

『야마사키 안사이 학파』의 해설에 붙인 주석 맨 앞에 마루야마는 이렇게 기술하고 있다.

"근세 일본에서 경학 텍스트 비평의 길을 개척한 사람은 안사이였다."

이 구절에 이어 안사이학이 정주학程朱學을 기본으로 한

것에 대해 이토 진사이와 오규 소라이는 그 기준을 한漢, 당唐 이전에서 구했고, 주자의 주석朱註을 포함한 송학을 비판하였으며, 거기에는 비례식이 성립한다고 했다. 이 텍스트 비평에 대한 주목이 안사이학에 대한 주목으로 이어지고, 그것이 마루야마의『야마사키 안사이 학파』해설의 출발점이 되어 해설의 영역을 넘는 논문이 되었던 것은 아닐까?

문헌학philologie은 역사적이고, 이른바 세로 선상에 존재한다. 그에 비해 카테고리는 세계의 집중적 한 점이다. 그 통일점을 발견하는 것, 그것이 사상사학이라고 할 수 있을까? 만약 그렇다면, 마루야마는 소라이의 학문을 '자연에서 작위로'라고 파악한『일본 정치사상사 연구』이래 그러한 사상사학적 영위를 일관되게 계속해온 것은 아닐까? 마루야마문고에 소장된 소라이 관계 자료를 보면서 이런 생각에 사로잡혔다.

2장

세 개의 『호겐모노가타리』

독자 여러분은 이미 알고 계시겠지만, 이와나미서점에서는 세 가지 『호겐모노가타리』를 출간했다. '일본 고전문학 대계' 판본(1961년), '신일본 고전문학 대계' 판본(1992년), 그리고 '이와나미문고' 판본(1934년)으로 각각 대략 30년의 간격을 두고 출간되었다. 이 세 개의 텍스트를 비교해서 읽어보면 상당히 재미있다. 각 판본의 성격에 대해서는 이미 '일본 고전문학 대계'의 「해설」에도 상세히 쓰여 있고, 국문학 전문가들에게 아전인수, 견강부회라는 비방을 당하는 걸 피할

수 없을 것 같지만 무지한 초심자가 읽어낼 수 있는 지점을
이야기하는 것에 대해 양해를 구하고자 한다. 굳이 그 이야
기를 하는 것은 확실히 재미있기 때문이다.

　이야기를 시작하기 전에, 왜 그런 일이 생각났는가 하면
시작은 후지타 쇼조의『정신사적 고찰』에 수록된「사극의
탄생-『호겐모노가타리』의 주제에 대한 일고찰」(초판 출간은
1967년)을 읽고 나서였다. 이 뛰어난 고찰이 근거하고 있는
텍스트는 '일본 고전문학 대계' 판본이다. 이 책은 '고토히
라본金刀比羅本'이라 불리는 사본을 저본으로 하고 있다. 이
와 달리 '신일본 고전문학 대계' 판본은 '나카라이본半井本'
이라 불리는 사본을 저본으로 하고 있다. 이 두 가지는 어떻
게 다른가, 왜 다른가? 이런 점들이 마음에 걸리고 궁금해
졌다.

　『호겐모노가타리』는 말할 필요도 없이 '호겐의 난'[3]을 배

3　일본 헤이안 시대인 1156년에 황위 계승 문제와 셋칸가摂関家(가마쿠라 시대
　에 성립된 후지와라 씨의 혈통을 이은 다섯 가문으로 섭정이나 관백으로 승진할 수 있
　었다) 내의 세력 쟁탈로 인해 두 세력이 무력 충돌에 이르게 된 정변이다.
　귀족의 시대가 끝나고 무사의 시대가 시작되었음을 알리는 사건으로 그
　원인과 경과, 결과를 상세히 기록한 작품이『호겐모노가타리』이다.

경으로 한다. 1156년(호겐 원년), 도바인鳥羽院[4]의 붕어를 계기로 난이 일어났다. 고토히라본 이야기는 이렇게 시작된다. "옛날과 지금의 중간 즈음에 제왕이 있었는데, 그 이름을 도바의 선정법황法皇[5]이라고 하였다." 나카라이본은 "요즈음 최근까지 제왕이 계셨다"라고 되어 있고, 이하는 동일하다. 이것을 보더라도 "요즈음, 최근까지 계셨다"라고 하는 나카라이본이 "옛날과 지금의 중간 즈음에"라고 하는 고토히라본보다 텍스트로서 더 오래된 것임을 알 수 있다. 널리 알려진 유포본에 기초한 이와나미문고 판본은 전혀 다르게 시작하고 있는데, 이에 대해서는 뒤에서 다시 다루겠다.

재미있는 것은 이 시작 부분에 이어 "법황의 구마노 신사 참배 및 탁선에 관하여"라는 일단이다. 도바인은 붕어하기 전 해의 겨울, 구마노 신사에 참배를 하러 간다. 구마노 본영의 본전에서 밤을 보내고 있자니 한밤중에 신전의 문이 열리더니 하얗고 아름답고 작은 왼손이 들어와 세 번 박수를 치고 또 치면서 "이건 어때, 이건 어때?" 하고 분부하는

4   1103년부터 1156년까지 재위한 일본의 천황.
5   법황은 일본에서 출가한 상황을 가리킨다. '호오'라고 읽는다.

꿈의 계시가 있었다. 법황은 크게 놀라 꿈의 의미를 풀기 위해 "좋은 무녀가 없을까" 하고 묻자 이와카노 이타라는 무녀가 불려 왔다. 곤겐사마権現様[6]가 좀처럼 오지 않아서 질투도 했지만, 드디어 내려왔다.

　　손으로 퍼 올린 물에 비친 달그림자처럼 있는지 없는지 이 세
　　상은 정말로 덧없다.

　'우타우라歌占'[7]이다. 그리고 왼손을 올려 세 번 박수를 치고 "이건 어때, 이건 어때?"라고 이야기하므로 법황은 이것이야말로 곤겐사마의 탁선이라 생각하고 "자, 그럼 어떻게 하면 좋은가?" 하고 물었다. "내년에 반드시 붕어가 있다. 그후에는 세상이 손바닥을 뒤집는 것처럼 될 거야"라는 탁선이 있어 법황은 처음으로 눈물을 철철 흘리면서 "그러면 내

6　부처나 보살이 일본의 중생을 구제하기 위하여 일본의 신으로 나타나는
　　것을 곤게権化라고 하고, 그렇게 나타난 신을 곤겐이라고 부른다.
7　100명의 시인의 와카和歌를 한 수씩 선별해 수록한 『햐쿠닌잇슈百人一首』
　　에서 노래를 선택하게 하여 그 노래의 의미를 통해 길흉을 점치는 것. 또
　　는 신사의 여성 승려 혹은 일종의 무속인인 미코가 점의 결과를 노래로 말
　　하는 것을 가리킨다.

년 언제쯤일까?"라고 말했다. 그러자 무녀는 이렇게 말했다.

여름에는 손에서 떼어놓지 않던 부채도 여름이 끝나면 손에서 떼는 것. 가을의 이슬이 잎새 끝에 맺히는 것. 어느 것이 먼저 일까.

이렇게 "여름의 끝, 가을의 시작"이라고 가르쳐주었다. 모두가 "어떻게 하면 그 난을 피해서 생명을 늘릴 수 있을까"라고 울면서 묻자, 곤겐사마는 "업보(定業)의 한도가 있다. 내 힘은 미치지 못한다"라며 쌀쌀맞은 대답을 남기고 올라가 버렸다.

죽는 시점이 예언된 사극이라면, 셰익스피어의 『줄리어스 시저』 서두의 장면이 떠오른다. 시저를 맞이하며 환호하는 군중 속에서 하나의 소리가 들린다.

"3월 15일을 조심하라Beware the ides of March."

시저가 암살된 날이다. 이 예언은 극적인 효과를 낸다. 무녀 이와카노 이타의 노래에도 어느 정도는 그런 효과가 있지 않은가? 그것이 왜 사라졌을까? 그 정도가 아니다. 유포본에 기초한 이와나미문고 판본에서는 이 두 수의 노래 자체가 완전히 사라져버렸다. 아래 내용은 나의 가설이다.

　나카라이본 계통의 필사본에 서사 연도가 기재된 것 가운데 가장 오래된 것은 1318년이라고 한다. 한편 고토히라본의 가장 오래된 간기刊記(오쿠가키奧書)[8]는 1451년으로 되어 있다. 모노가타리[9]의 성립 연대는 1220년 무렵이므로 필사본이 쓰인 연대와는 관계가 없다고 하더라도 두 판본 사이에는 1세기 이상 차이가 있다. 그 사이에 무슨 일이 일어난 것일까? 『호겐모노가타리』, 『헤이지모노가타리』, 『헤이케모노가타리』는 군기물軍記物 3부작이라 일컬어진다. 『헤이케모노가타리』의 전신은 1240년경에 성립되었다고 하는데, 그 유명한 서두의 문장 "기온정사祇園精舍[10]의 종소리, 제행무상諸行無常의 울림이 있다"는 불교 사상 그 자체를 표현하고 있다. 『호겐모노가타리』의 첫 번째 노래에도 제행무상의 울림이 느껴진다. 한편 나카라이본에만 있는 법황의 죽

8　출판물의 간행지, 간행자, 간행연월 등을 기록한 부분을 간기라고 하며, 일본어의 오쿠가키는 그 가운데서도 후에 그것을 읽은 사람이 교정 사항이나 감상 등을 보탠 것을 뜻한다.

9　일본 헤이안 시대에 발생한 산문 문학 양식.

10　인도의 코사라국 수도에 있던 정사로 석가가 설법을 행한 장소이다.

을 때를 예견하는 두 번째 노래에는 주술적인 냄새가 남아 있는 듯하다. 제행무상의 노래만 남아 있고, 주술적인 요소는 사라졌다.

이와나미문고 판본의 유포본에서는 두 수의 노래가 모두 사라졌다. '우타우라'가 없어진 것이다. 여기서 앞에서 보류해두었던 무로마치 시대 후기에 생겨났다는 유포본 서두를 살펴보자. 모노가타리에 들어가기 전에 짧은 서문이 있다. "주역에 이르기를 '천문을 보고 시간의 변화를 헤아리고 인문을 보고 천하를 바꾼다'라고 했다"라는 문장으로 시작되는데, 역경에 기초하여 '변화'라는 것의 성질에 대해 오랫동안 강론하고 그다음에 "여기에 도바의 선정법황이라고 말씀드린다"라고 하면서 모노가타리 본문으로 들어간다. 텍스트가 완전히 유교 사상을 바탕으로 한 시대적 산물이 된 것이다. 또 하나의 큰 차이는 유포본은 나카라이본이나 고토히라본과는 달리 필사본이 아니라 '고활자본'이다. '말로 하는 이야기語り物'의 세계가 '읽을거리読み物'의 세계가 되었다. 모노가타리가 말해지는 것이 아니라 읽히는 것이 된 것이다.

유포본에는 다른 두 판본에는 없는 특징적인 대목이 있

다. '좌대신의 최후' 단에 그것이 있다. 좌부, 즉 좌대신은 호겐의 난을 일으킨 장본인 후지와라노 요리나가인데, 강인하지만 박학다식하고 악惡좌부라고 불렸다. 그와 그의 스승 격으로 권세를 휘두르던 후지와라노 신제이(미치노리) 사이에 '점(우라卜)'을 두고 일어난 논쟁이 기록되어 있다. 좌부가 "거북점이 깊다"라고 말씀하시면 미치노리는 "주역의 점이 깊다"라고 주장하여 서로가 많은 문장, 수많은 문장을 펼치며 다투었는데, 결국 미치노리가 패했다. 그로부터 누누이 공자의 말씀 등을 인용하여 학문을 자랑하는 폐해에 대해 설명하고, "준재에게 외람되지만 그 마음 바탕에 어긋나는 점이 있다면 조상신의 뜻에도 어긋나서 몸을 망가뜨리게 된다"라고 요리나가가 멸망한 원인을 이야기하면서 이 단락은 끝난다. 상당히 긴 유교적 교훈이 넘쳐나는 대목이다.

그 외에도 상이한 곳이 있는 것은 당연하지만 여기서는 생략하고, 한 걸음 더 나아가 마지막으로 가보자. 여기 또한 매우 재미있다. 오랫동안 『헤이케모노가타리』에 푹 빠져 있던 극작가 기노시타 준지는 『호겐모노가타리』를 현대어로 번역했다(『기노시타 준지가 이야기하는 호겐모노가타리』, 가타리베소시시리즈 4권[11], 헤이본샤, 1984년). 번역을 끝내고 「마지막으로」라는 문장에서 다음과 같이 이야기했다.

"이상으로『호겐모노가타리』를 일단 다 읽은 셈이 되었는데, 마지막 한 줄을 의아하게 생각하시는 독자가 적지 않으리라 생각한다. '정의의 싸움'이란 도대체 무엇을 가리키는가? 고시라카와[12], 즉 천황 쪽이 이긴다면 그것을 정의의 싸움이라고 하는 것인가?"

기노시타의 번역은 고토히라본에 기초하여 이루어졌다. 고토히라본의 마지막은 다음과 같다.

"그러므로 지장智將이 각각 힘을 다하여 무사와 병졸이 많이 죽고 다쳤다. 역도들이 모조리 퇴산하였고, 왕의 신하들이 모습을 드러냈다. 희대의 불가사의한 의병이다."

다음은 기노시타의 번역.

"그래서 지장들은 각자 힘을 다하여 무사와 병졸은 많이 죽고 부상을 당하였고, 역도들은 모조리 퇴산하였으며, 천황과 신하가 한 몸이 되어 싸웠다. 세상에 보기 드문 불가사의한 싸움이라고 해야 할 것이다."

11 가타리베는 조정에 출사하여 전설이나 고사를 외워서 이야기해주는 소임을 가졌던 씨족이고 소시는 삽화를 실은 에도 시대의 대중소설이다.
12 12세기 중반에 재위한 천황.

나카라이본의 마지막은 전혀 다르다.

"호겐의 난에서는 부모의 목을 치는 자식도 있고, 백부가 목을 친 조카도 있고, 형을 쫓아버린 동생도 있으며, 고민하다가 몸을 던지는 여성도 있다. 이것이야말로 일본의 불가사의한 일이다."

두 판본 모두에 '불가사의하다'는 말이 공통적으로 들어가 있지만, 나카라이본은 불가사의한 의병이나 정의의 싸움이라는 등의 이야기는 하지 않는다.

그 밖에 유포본은 호겐의 난에서 대활약한 미나모토노 다메토모에 대한 설화 "'옛날부터 지금에 이르기까지 이 다메토모만큼 혈기왕성한 용자는 없다'라고 다들 말한다"로 끝난다.

극작가인 기노시타의 감으로는 『호겐모노가타리』가 사극이라고 한다면 고토히라본의 끝은 그에 걸맞지 않게 된다는 것일까?

『구칸쇼』의 저자인 지엔은 호겐의 난 당시에 두 살이었다. 천태종의 고승이지만, 셋칸(섭정·관백)으로서 구게公家[13]

13 조정에 출사하는 사람.

정권의 중심에 있던 후지와라 가사자네의 동생이고, 고대에서 중세로 바뀌어가던 세상을 망해가는 귀족 사회의 입장에서 냉정하게 바라보면서 이 사론서를 썼다. "호겐 원년(1156년) 7월 2일, 도바인을 허둥거리게 한 후 일본국에 반역이라는 것이 일어나 후에 무사의 세상이 되는구나."

세 개의 『호겐모노가타리』의 끝은 각인각색이다. 구게의 세상에서 무사의 세상으로 가는 전환기를 각자의 입장에서 매듭지었다고 할 수 있다. '일본 고전문학 대계' 판본의 「해설」에서는 나카라이본은 "무가에 중점을 둔 것으로 감개를 서술하고 있는" 데 반해 고토히라본은 "왕조를 중심으로 그 안태와 회복을 난의 결말에 두고 있다"라고 했다. 그렇지만 극작가가 자신도 모르는 사이에 느낀 것처럼 드라마투루기 Dramaturgie로 보면, 가장 오래된 '말하는 이야기'의 표현에 가장 극적인 것이 깃들어 있을지도 모르겠다.

이와나미서점이 세 개의 『호겐모노가타리』를 출간한 것을 훌륭하다고 생각하며 정신사적 고찰은 후지타 쇼조에게 맡기고, 나는 서지학적 고찰을 조금 시도해보았다.

3장

책장 한구석에서

책의 가제이레風入れ[14]라는 말이 있다고 사람들에게서 배웠다. 무시보시虫干し[15]보다 풍치가 있다. 구키 슈조의 수필「서재만필」에 나온다. 구키가 말한 것처럼 데카르트의『방법서설』이나 『성 프란체스코의 작은 꽃들』이라고 할 수는 없지만, 내 책장에 있는 여러 권의 책을 꺼내 바람을 쐬어보자.

14 책에 바람을 쐬어 습기를 제거하는 것.
15 책이나 옷 등을 곰팡이가 피거나 좀먹지 않도록 햇볕을 쬐고 바람을 쐬는 것.

뉴욕공공도서관

늦은 오후 나는 5번가와 42번가의 모퉁이에 있는 뉴욕공공
도서관으로 서둘러 갔다. 〈인쇄술 최초의 50년〉 전시회의
마지막 날이었다. 사자상이 있는 정면 입구가 아닌 다른 곳
을 통해 인기척도 없고 빛도 희미한 전시실에 들어가자 구
텐베르크의 『42줄 성서』(1455년)를 비롯한 호화로운 인쇄
본이 원래의 필사본과 함께 진열되어 있었다. 인쇄본 가운
데는 필사본으로 오해할 만큼 아름답게 채색이 되어 있는
것도 많았다. 고서 수집가에게 '인큐너블Incunable'(라틴어로
'요람 속에 있는 것'이라는 뜻)이라 불리는, 구텐베르크 이후 첫
50년간의 인쇄본은 필사본을 모델로 하여 그것을 대체하는
것을 목표로 했음을 알 수 있었다. 새로운 것이 나타날 때
처음에는 낡은 것의 대용품으로 등장하는 일이 자주 있다.
인간의 상상력에는 한계가 있어서 완전히 새로운 것이 나오
기는 상당히 어렵다.

　이런 것들을 생각하면서 연대순으로 전시된 책들을 더듬
어가자 출구 가까이에 마지막으로 앞에서 본 인쇄본에 비하
면 정말 작고 볼품없는 인쇄물이 놓여 있었다. 1493년, 바르
셀로나에서 출간된 콜럼버스의 '아메리카 대륙 발견'을 알

리는 소책자였다. 여태까지 본 필사본과는 거리가 멀고, 지금의 책에 훨씬 더 가까운 형태였다. 내 눈에는 이때 책의 신세계가 개척된 것으로 보였다. 도서관을 나서자 땅거미가 푹 내려앉은 뉴욕이 눈앞에 펼쳐졌다. 반세기도 더 지난 옛날 이야기이다.

그로부터 얼마간 시간이 흐른 뒤 놀랍게도 콜럼버스의 이 소책자가 일본에도 있다는 사실을 알았다. 니시다 다케토시의 『메이지신문잡지문고의 추억』(2001년)에 수록된 자료를 보고 나서였다. 그 자료란 1930년 11월 도쿄대학의 야스다강당 1층 복도에서 개최된 『제국대학신문』 창간 10주년 기념 〈내외신문 발달 사료 전람회〉의 전시품 목록이었다. '구미신문 발달 사료' 목록의 가장 앞에 그 책이 있었다. '플루크블라트Flugblatt[16](도쿠가와 시대의 가와라판瓦版[17]과 같은 부류)'로 분류되어 '콜럼버스의 아메리카 탐험기'라는 제목으로 바르셀로나뿐 아니라 같은 해에 나폴리에서 출판된 것까지 전시되었다. 이 컬렉션의 대부분은 문학부 신문연구

16 인쇄술이 발명된 이후 최초로 인쇄되어 나온 독일의 한 장짜리 신문.
17 진흙으로 만든 기왓장에 시중의 소식을 새겨 인쇄한 것으로 서민들의 정보원이었다.

실 주임 오노 히데오(후에 초대 신문연구소 소장)의 소장품이라는 설명이 붙어 있었다. 이 전람회에서는 이 인쇄물을 책이 아니라 신문의 기원으로 분류하고 있었는데, 새로운 매체의 탄생이라 의식했음이 분명하다. 선배들의 수집 열정에는 절로 머리가 숙어진다. 오노 히데오의 컬렉션은 지금은 도쿄대학의 아카이브에 보존되어 있다.

다만 내가 책장에서 꺼낸 것은 같은 뉴욕공공도서관 전시회 카탈로그이기는 했지만, 〈인쇄술 최초의 50년〉 전시회가 아니라 그보다 몇 년 후인가에 나온 〈검열 투쟁의 500년〉 전시회 카탈로그(옥스퍼드대학교출판부, 1984년)였다. 〈인쇄술 최초의 50년〉 전시회의 카탈로그는 종이 한 장에 전시품 이름만 쓰여 있는 것이었는데, 어느 책인가에 끼워둔 기억은 있지만 지금은 어디로 가버렸는지 알 수가 없다. 그에 비해 〈검열 투쟁의 500년〉 전시회 카탈로그는 A4보다 조금 크게 만든 160쪽 정도의 책으로 책장에서도 눈에 띄었다.

표지를 열자 책 속에서 뭔가 툭하고 떨어졌다. 하나는 일본출판학회 회장 시미즈 히데오 씨의 서평 「검열의 500년」이었다. 마루젠출판사에서 나오던 『가구토學鐙』[18]에 썼던 글인 것 같은데, 경솔하게도 게재 날짜를 빠뜨렸다. 또 하나는 유나이티드 테크놀로지스라는 회사의 전면 광고였다. 구텐베르크의 얼굴을 크게 그려놓고, "고마워요, 구텐베르크 씨"라고 쓴 글자가 보였다. 여기에는 『디 차이트』[19] 1984년 10월 19일호라고 쓰여 있었다. 전시회는 1984년 6월 1일부터 10월 15일까지 개최되었으므로 카탈로그는 이 무렵에 시미즈 씨의 서평을 보고 마루젠서점에서 샀을 것이다.

　1984년이라고 하면, 누구나 조지 오웰이 미래의 억압 사회를 그린 동명의 소설을 떠올릴 것이다. 뉴욕공공도서관은 말 그대로 그해에 오웰에 대한 하나의 응답으로 이 전시회를 기획하였고, 옥스퍼드대학교출판부가 이에 응한 것이다. 500년 동안 반복되어온 표현의 자유와 억압 사이의 끊임없는 투쟁을 285점에 이르는 전시품으로 보여주었다. 전시품은 이 도서관에서 수집한 금서들이라고 하니 수집의 근저에 있는 표현의 자유에 대한 굳건한 신념에 탄복하지 않을 수 없었다. 주최 측은 이 주제로 열린 전시회 가운데 가장 포괄적일 것이라 자부했는데, 이전에도 이후에도 그 이상의 것

18 1897년에 창간한 일본 최고最古의 PR지.
19 독일의 유력 주간지.

은 없었을 것이다. 말 그대로 공전절후空前絶後이다. 1950년
대의 매카시즘, '빨갱이 사냥 선풍'에 대항해 '읽을 자유'를
구호로 내걸고 싸웠던 도서관 직원들의 기개를 생각해본다.
시미즈 씨의 서평에 따르면, 미국의 도서관은 각 커뮤니티
들이 가하는 압력에 강하고, 정부의 검열이 헌법으로 엄격
하게 제한되기는 하지만 특히 검열에 민감하다고 한다.

　책을 억압해온 역사는 길지만, 오늘날과 같은 의미의 검
열은 구텐베르크 인쇄술 이후의 이야기가 될 것이다. 전시
품의 다수는 교회, 국가와 그들이 적대시해온 이단의 위험
한 책이다. 그중에서 마키아벨리의 『군주론』(1532년), 윌리
엄 틴들의 『신약성서』(1534년), 코페르니쿠스의 『천구의 회
전에 대하여』(1543년), 갈릴레오 갈릴레이의 『천문 대화』
(1632년) 등 역사를 바꾼 명저 앞에 많은 사람이 몰려들었다.

　현대에 들어와서는 문학작품이 풍속을 문란하게(이른바
외설) 한다는 이유로 발매 금지라는 쓰라린 체험을 하게 된
다. 제임스 조이스의 『율리시스』(1922년), D. H. 로런스의
『채털리 부인의 사랑』(1928년)의 예를 동시대에 실제로 경
험한 시인 스티븐 스펜더는 이 전시회에 「1984년의 세계에
서 검열에 대해 생각하는 것」이라는 글을 보내 강대한 국가

권력 앞에서 개인이 무력감에 빠질 때 오웰의 악몽은 현실이 된다고 이야기했다. 또한 역사가인 아서 슐레진저 주니어는 「서문」에서 이런 예를 들고 있다.

"1885년, 콩코드공공도서관 이사회는 한 이사의 제안에 따라 어떤 책을 책장에서 철거하기로 했다. 이사의 말에 의하면, 그 책은 저속하기 이를 데 없는 모험 이야기로서 더러운 방언으로 쓰였고, 전편이 오류투성이 문법으로 쓰여 있다."

이 유명 도서란 마크 트웨인의 『허클베리 핀의 모험』이었다. 이와나미소년문고에도 있는 명작이다. 우스운 이야기이기도 하지만, 웃을 수 없다는 기분도 든다.

쿠란의 중국어 번역가

나카타 고가 감수한 『일아日亞 대역 쿠란』(사쿠힌샤, 2014년)에는 큰 특징이 하나 있다. 일아 대역이라고 한 것에서 알 수 있듯이 아랍어 원문이 실려 있다는 점이다. 쿠란은 아랍어 원문만이 쿠란이고 그 번역본은 쿠란이 아니라고 하는데, 그 이유는 그 번역의 해설에 상세하게 쓰여 있다. 원문이 있고, 거기에 번역문이 딸려 있으며, 상세한 각주가 붙어 있다.

이 쿠란 번역 스타일을 어딘가에서 본 적이 있다는 생각이 들어 책장을 뒤져보니 있었다. 이스마일과 마진펑이 중국어로 번역한 『쿠란 역주』(닝샤런민출판사, 2005년)이다. 일본어 번역은 A5판으로 768쪽, 중국어 번역은 B5판으로 840쪽으로 규모도 대략 비슷하다. 원문, 번역, 상세한 각주가 유사하게 배치되어 있다. 번역 방식도 비교해보고 싶었지만, 거기에는 벽이 가로놓여 있었다. 중국어 번역에서는 아랍어도 한자로 표기되어 있다는 점이다. 알라는 '안라安拉', 무함마드는 '무한모터穆罕默特'. 이 정도라면 괜찮지만, 세세한 어휘는 도저히 무리였다. 당연하게도 두 책 모두 번역 방침과 관련하여 주석에 사용한 책 등이 상당히 상세하게 제시되어 있다. 그러나 한자에서 원래의 아랍어를 유추할 수 있는 지식이 없으면 비교하기는 어렵다고 생각된다.

번역을 비교할 수 있는 특징을 갖춘 한 대목이 있었다. 그것은 나카타가 감수한 책의 해설로, 다른 일본어 번역과의 차이를 예를 들어 설명한 제1장 6~7절의 번역이다. "우리를 올바른 길로 이끌어주시고 당신이 은총을 내려주신 자들, (즉) 노여움을 사지 않고 방황하지도 않는 자들의 길로"라는 대목이 있다.

지금까지의 일본어 번역에서는 부정사가 걸리는 단어를 잘못 읽어왔다. 즉 사람이 아니라 길에 걸리는 것으로 파악했다. "당신이 은총을 내려주신 자들의 길, 노여움을 사고 방황하고 있는 자들의 길이 아니라"로 번역한 것이다.

그러면 마진평의 중국어 번역은 어떻게 되어 있을까? 시험 삼아 번역해보면 "우리를 바른 길로 이끄시오! 저 사람들의 길—당신이 은총을 내려주신 자들이 노여움을 사지 않고 방황하지 않는 길로"라고 되어 있다. 형태는 조금 바뀌었지만, 부정사의 사용 방식은 틀리지 않았다. 나카타 감수판과 비교해도 번역은 정확하다.

이 중국어 번역가에게 흥미가 생겼다. 번역본에는 해설을 겸한 장문의 「옮긴이의 이야기」가 수록되어 있다. 이것을 읽기 전에 중국어판 위키백과라고 할 수 있는 '바이두백과百度百科'에서 이 인물에 관해 대강 조사해보았다. 잘생긴 사람이라 좀 의외였다. 바이두에는 본인의 이야기에는 나오지 않는 주제, 즉 항일전쟁에서 이슬람교도를 조직한 일이나 국가에 대한 공헌이 강조되어 있었다. 우선 마진평 본인이 적은 이야기부터 소개하겠다.

마진평은 1913년 중국 산둥성 지난의 이슬람교도 집에서 태어나 어릴 때는 모스크(중국어로는 '칭전쓰淸眞寺'라고 한다)에서 배웠고, 나중에는 지난공립제5소학교에 들어가 1925년에 졸업했다. 그 후 모스크 안에 있는 청다사범학교에서 공부하면서 6년간 쿠란도 공부했다. 아마 가장 일찍 무슬림 교육을 받은 사람일 것이다. 1932년에 사범학교를 졸업하고, 후원자의 선의로 세 명의 학우와 함께 이집트의 알아자르대학(이슬람교 수니파의 최고 교육기관으로 현존하는 세계 최고最古의 대학 중 하나)에서 유학했다. 4년간 공부하여 아랍어 수준은 대단히 높았다고 한다. 1936년에 귀국하여 모교인 청다사범학교에서 가르치다가 이듬해에 중일전쟁이 발발하여 학교와 함께 구이린, 그다음에는 충칭으로 옮겨 갔다. 전쟁에서 승리한 후에도 혼란은 가라앉지 않았지만, 1949년 해방 후에는 인민이 주체가 되어 이슬람교도도 평등한 대우를 받을 수 있으리라는 희망에 부풀었다. 1950년부터 상하이 푸유루에 있는 모스크 교장을 3년간 역임하면서 종교 방면으로 많은 지식을 얻었다. 이곳에서 하나의 전기가 찾아왔다. 1953년, 베이징대학의 마인추 총장(『신인구론』의 저자, 계획 출산을 주장함)의 부름을 받아 아랍어의 교육과 연구에 종사하게 되었다. 이후 30여 년에 걸쳐 3000명의 아랍어 인재를 길러냈다고 한다.

마진평은 『쿠란』을 번역하기 전에 20여 종의 책을 번역하기도 했다. 유감스럽게도 『이븐 바투타 여행기』 정도는 아는데, 다른 책들은 모두 유명하다고 하는데도 나는 잘 알지 못한다. 또한 그는 '중국어-아랍어', '아랍어-중국어' 사전 편찬에도 참여했다. 쿠란 번역을 준비하는 과정에서 베이징대학의 엄격한 학풍과 도서관의 풍부한 장서는 마진평에게 매우 귀중한 바탕이 되었다.

마진평의 글에는 실제로 쿠란을 어떻게 번역했는지 상세히 기술되어 있는데, 앞서 이야기한 것처럼 그것을 소개하기에는 내 능력이 많이 부족하다. 신뢰할 수 있는 네 종의 주석서에 기초한 번역이라는 점, 여러 주석본을 참고하여 1만 1000개의 역주를 작성했다는 점이 공들여 쓰여 있다. 「옮긴이의 이야기」 끝부분에는 1998년 7월 23일이라고 쓰여 있다. 마진평은 2001년에 사망했고, 번역본은 2005년에 출간되었다.

출간 시점에 번역가가 이미 사망했기 때문에 「후기」는 두 자녀(남매)가 썼다. 그 글에는 아버지가 번역하는 모습이 생생하게 그려져 있고, 아버지에 대한 사랑과 신뢰, 존경이 가득하다.

"알라가 우리에게 힘을 주셨다. 아버지는 매일 새벽 2~3시까지 원고를 보았는데, 그 시간에도 뇌가 또렷하게 움직이고 있었다."

"우리가 번역 원고를 한 장 한 장 검토하고 있을 때면 쿠란을 독송하는 아버지의 목소리가 귓전에 되살아나 마음이 떨렸다."

"한 조 한 조의 주석을 보고 있으면, 아버지가 하얀 예배모자를 쓰고 서적에 파묻혀 있던 모습이 떠오른다."

마진펑이 중국이슬람협회로부터 쿠란 번역을 제안받은 것은 1989년, 이미 잔병치레가 많던 70대 중반이 넘은 시점이었다. 마진펑은 번역에 10년 정도 걸리리라 각오하고, 아내가 사망하고 1년 후에 준비 작업에 착수했다. 갖가지 병이 그의 몸을 엄습해왔고, 유동식밖에 먹을 수 없게 되었는데도 시간이 얼마 남지 않았다고 예감했는지 번역 속도는 더욱 빨라졌다.

자녀들이 쓴 「후기」는 "아버지는 우리에게 풍부한 재산을 남겨주었다. 그 재산이란 명예와 이익 앞에 담백하고, 정직하며, 숭고한 목표를 향해 분투를 아끼지 않는 정신, 그리고 심혈을 기울여 완성한 『쿠란 역주』이다"라며 끝을 맺는다. 그 뒤에는 출간에 관여한 사람들에 대한 감사의 말이 이어진다.

지금 내 책장 한구석에는 나카타 고가 감수한 일본어 번역본과 마진펑의 중국어 번역본, 이렇게 두 권의 『쿠란』이 나란히 사이좋게 꽂혀 있다. 이 두 권의 쿠란은 일본과 중국 두 사회에서 앞으로 각기 어떤 운명을 걸어가게 될까?

비자야나가라 왕국의 수도에서

겨울이 되면 인도에는 언제 갈까 생각하는 시기가 몇 년간 계속되었다. 행선지는 언제나 남인도의 카르나타카주 함피라는 마을로 정해져 있었다. 인도에 매료당한 사람들에게 어디가 가장 좋았냐고 물어보면 늘 '함피'라는 답이 돌아왔다. 그때부터 나도 함피를 찾기 시작했다.

인도 여행의 전체 일정 가운데 1, 2주간은 반드시 그곳에서 지냈다. 인도 IT산업의 중심지 중 하나인 벵갈루루에서 야간열차 '함피 익스프레스'를 타고 밤 10시에 출발하면 이튿날 아침 8시에 호스펫에 도착한다. 거기에서 함피까지는 오토 릭샤auto-rickshaw[20]로 시골길을 달려 한 시간 정도 걸린다.

처음 방문했을 때 잠에서 깨어 차창을 통해 본, 아침 햇살에 둘러싸인 함피의 풍경은 잊을 수가 없다. 이 세상 풍경 같지 않았다. 16세기에 이 땅을 밟았던 포르투갈인 도밍고 파에스의 기술을 인용하면 다음과 같다.

"더 이상 없을 이상한 산줄기, 과거에 본 적이 없는 경관이었다. 흰 돌이 서로 기묘한 형태로 겹쳐져 있는 데다가 돌 하나하나가 빈틈없이 붙어 있지 않아서 각각이 공중에 떠 있는 것처럼 보였다."

또 다른 누군가는 "중력을 거스르는 땅"이라고도 표현했다. 몇 억 년 전에 지구의 변동으로 생겨났을 이 풍경은 20세기가 되어도, 21세기가 되어도 전혀 변하지 않았다. 튀르키예의 카파도키아에서도 비슷한 풍경을 볼 수 있지만 스케일이 전혀 다르다.

위에 인용한 글은 도밍고 파에스와 페르낭 누니스가 함께 쓴 『비자야나가라 왕국지』(하마구치 노부오 옮김, 시게마쓰

---

20 인도에서 가장 많이 볼 수 있는 대중교통 수단인 삼륜 택시.

신지 주석 및 해설,『대항해 시대 총서』제2기 제5권, 이와나미서점, 1984년)에서 가져온 것이다. 함피는 최후의 힌두 제국 비자야나가라 왕국의 수도였다. 실은 이『대항해 시대 총서』중 한 권에서 생각난 것이 있다. 함피에 다녀온 지 몇 년이 지나『대항해 시대 총서』표지에 있는 글자를 바라보고 있을 때였다. 그전까지는 도밍고 파에스와 페르낭 누니스 두 포르투갈인의 기록을 영어로 주워 읽곤 했다. 게다가 판본은 다르지만, 영어 번역본을 세 권이나 가지고 있었다. 영어 번역본은 어떻게 손에 넣게 되었던가?

함피를 상징하는 높은 탑이 있는 비루파크샤(이 땅의 신)를 모신 사원에서 함피 바자르(돌로 건축된 시장의 흔적이 아직 남아 있다)로 뻗어가는 일직선 도로의 양측이 함피에서 가장 번화한 거리이다. 그 사원 가까운 곳에 노부부가 경영하는, 옛날 일본에도 많이 있던 모습의 문방구 겸 서점이 하나 있었다. 자그마한 가게였는데도 비자야나가라에 관한 외국어 책, 인도에 대해 쓴 베스트셀러, 영어뿐 아니라 프랑스어, 스페인어 책도 있었고 주인은 그것을 자랑으로 삼고 있었다. 내가 가진 영어 번역본은 거기서 산 것이다.

내가 산 세 권 중에는『대항해 시대 총서』에 포함되어 있는 판본 다섯 종 가운데 두 종이 있었으므로 그곳은 물건을 상당히 잘 갖추고 있던 곳이라 할 수 있다. 로버트 슈얼의 『잊힌 제국 비자야나가라』(1900년)의 2004년 리프린트판, 바순다라 필리오자르트의 『16세기 두 포르투갈인 연대기 작가가 본 비자야나가라』(1997년) 두 권이다. 후자는 프랑스 국립문서관에서 19세기 말에 발견된 원본을 참조하여 슈얼의 영역본을 약간 교정한 판본이다. 이 책들을 여기저기 골라서 읽고 있었는데, 가장 중요한 일본어 번역본에 대해서는 알지 못했으니 멍청한 노릇이다. 발견한 번역본의 번역과 주해에 감동했다. 게다가 참고문헌에 내가 만든 로밀라 타파의 『인도사』(미스즈서방, 1971년)도 올려두고 있어서 새삼 읽어보았는데 이 책에서도 많이 배웠다. 책을 사는 것은 좋은 일인데, 가끔은 산 책의 제목 정도만 바라보는 것도 좋다.

비자야나가라 왕국이 남인도를 지배하에 둔 것은 14세기 초부터 17세기까지 약 300년간이다. 남하해 오는 이슬람 세력과는 함피의 북쪽을 흐르는 퉁가바드라강을 경계로 접해 있었고, 그 북쪽은 이슬람 세력이 지배하고 있었다. 함피는 힌두 문화의 장려한 광채와 기묘한 지형이 융합된 지구상에서 보기 드문 지역이었다. 게다가 현재의 관광 가이드북에 실려 있는 사진이 그대로 포르투갈인들의 기록과 일치한다. 코끼리의 축사, 왕비의 목욕탕, 개선차의 석조물 등등. 얼마나 장관이었던가. 그들은 이렇게 기술하고 있다.

"왕의 궁전은…… 성벽으로 둘러싸여 있고, 그것은 리스보아(리스본)에 있는 성 전체를 둘러싼 것보다 규모가 더 큰 것으로 보인다."

그 면모가 남아 있는 왕궁지구는 인도 고고국考古局에서 정비를 추진하고 있다.

포르투갈인의 기록을 보면 이슬람군 사령관의 호위 병사가 50명의 포르투갈인 배교자였기도 하고, 사람들 사이의 교류 또한 왕성하게 이루어지고 있었다. 파에스는 1520~22년 무렵까지, 누니스는 그 13년 후에 2년 정도 체류했다. 비자야나가라 왕국은 이슬람과 유럽 세력이 진출하던 시대에 '최후의 힌두 제국'으로서 그 빛을 발하다가 이교도에게 멸망당했으며, 불태워지고 결국 잊혔다. 그 유적은 더할 수 없이 아름답다.

언젠가 여행의 마지막 날, 저녁 무렵이 되자 근처 마을에서 사람들이 속속 몰려들었다. 그날 밤은 비루파크샤 사원의 제례일이었다. 사원의 높은 탑에 있는 무수히 많은 창

마다 기름 촛대가 타오르고 있었다. 파에스에 의하면, 제
례일에 관한 기술은 아니지만 사원의 촛대 수는 2500에서
3000개 정도였다고 한다. 흔들리는 빛은 현대적인 라이트업
과는 전혀 다른 신비롭게 빛나는 밝은 빛을 내뿜고 있었다.

함피도 지금은 리조트 지구로 변해가고 있다고 한다. 인
도에 갈 수 없는 사람과 갈 수 있는 사람이 있다. 그리고 인
도에 가는 것은 때가 있다고 하는 사람들이 있다. 나는 그
좋은 때를 얻어 인도에 갈 수 있었다.

기묘한 책이 꽂혀 있는 책장이다. 책마다 추억은 있지만
이번 '가제이레'는 이 정도로 해두자.

4장

타문화 이해를 체현한 책의 형태

오키나와현립박물관을 처음 방문했을 때 책 한 권이 눈에 띄었다. 류큐어로 번역된 성서였다. 1855년 홍콩에서 가타카나로 표기한 류큐어로 『루가 복음서』, 『요한 복음서』, 『사도행전』, 『로마서』 등 네 권이 출판되었는데, 그중 한 권이다. 『루가 복음서』였다고 기억한다. 번역한 사람은 헝가리 출신의 유대인으로 영국해군전도회에서 류큐로 파견된 선교사이자 의사인 버나드 베텔하임이다. 그는 1846년부터 1854년까지 류큐에 체류했다. 1847년부터 번역을 시작했다고 하니 포교를 위해서라고는 해도 어학에 재능을 타고난 것 같다.

여기서 내가 놀란 것은 이 류큐어 번역 성서가 메이지유신이 일어나기 10년도 더 전에 홍콩에서 인쇄 출판되었다는 사실이다. 도쿄에 '동양문고'라는 세계 굴지의 아시아학 전문 도서관 및 연구소가 있다. 여기에 소장된 장서의 근간이 된 것은 베이징에 거주하던 저널리스트 조지 모리슨이 수집한 2만 4000권의 책으로 미쓰비시 재벌의 이와사키 히사야가 이를 구입해 동양문고를 설립했다. '동양학'은 서양인이 먼저 시작한 학문이다. 그리고 앞선 시기의 담당자는 베텔하임과 같이 포교를 위해 타문화에 관한 지식을 습득하려 노력한 선교사들이었다. 그들은 미션 프레스Mission Press라 불리는 인쇄 출판 설비를 갖추고 포교에 필요한 자료들을 인쇄했다.

사실을 말하자면, 일본 근대 인쇄술의 선구자라 불리는 모토키 쇼조도 이 기술을 상하이의 미션 프레스 기술자에게서 배웠다. 내가 여기서 이야기하는 모토키의 활자 수입 이야기는 고미야마 히로시 씨의 『일본어 활자 이야기-초창기의 인물과 서체』(세이분도신코샤, 2009년)에 근거를 두고 있음을 미리 말해둔다. 1869년 원래 나가사키의 네덜란드어 통역사였던 모토키는 윌리엄 갬블이라는 인물을 상하이에서 나가사키로 초대한다. 갬블이 상하이 미화서관美華書館, American Presbyterian Mission Press 관장을 막 사직했을 무렵이었다. 그가 가져온 것은 인쇄기, 활자 및 활자 주조 기계이다. 활자에는 한자, 유럽 문자, 가나 세 종류가 포함되어 있었는데, 한자의 서체는 지금은 표준이 된 명조체였다. 명조체의 금속활자는 원래 서양인 동양학자, 선교사들에 의해 유럽 문자 가운데 일반적인 로만체와의 조화를 고려하여 채택된 것으로 그 무렵에 널리 사용되었다.

윌리엄 갬블이 만든 활자로 찍은 『예수전』을 보면, 활자의 완성도가 상당히 높다. 자세히 보면 왼쪽 페이지와 오른쪽 페이지의 활자가 다르다. 왼쪽이 갬블의 활자이고 이것이 훨씬 더 아름답다. 자세한 것은 말할 수 없지만, 갬블은 한자 활자의 새로운 제작 기술을 발명했던 것이다. 모토키가 갬블을 초대한 이유는 말할 나위도 없이 최신 기술을 받아들이기 위해서였음을 알 수 있다. 로만체와의 조화도 살펴보면, 중국 고전 지식을 보급하는 일에서 가장 권위가 있었던 제임스 레게가 번역한 『논어』도 확실히 보기가 좋다.

레게는 런던전도협회의 선교사로 아편전쟁 후인 1843년 말라카에서 영화서원英華書院, Anglo-Chinese College 및 부속 인쇄소를 홍콩으로 옮겨 왔다. 그 이래로 30년간 그곳에서 지냈다. 바로 류큐어 번역 성서가 만들어졌던 무렵이다.

모토키는 갬블에게 4개월에 걸친 지도를 받고 인쇄술을 터득한 뒤 이윽고 나가사키에서 활자를 제조하여 판매하기 시작했다. 일본의 인쇄·출판은 타문화와 교류하는 가운데 발전의 길을 걷기 시작한 것이다.

그렇다면 서양의 학자나 성직자가 타문화 이해를 위해 어떤 노력을 기울였고, 그 이해를 어떻게 책의 형태에 반영했던가를 몇 가지 예를 통해 살펴보자. 먼저 프랑스 예수회 선교사 세라핀 쿠브뢰르가 번역한『사서四書』를 들 수 있다. 그는 중국의 고전에 정통했고『중국 고문 대사전』이라는 대작을 만들었는데, 이 사전은 중국 고전을 읽는 데 큰 도움이 된다. 쿠브뢰르의『사서』번역의 특징은 한자의 원문과 그 중국어 발음이 표기되어 있다는 점, 가톨릭 선교사답게 프랑스어와 라틴어로 번역했다는 점, 게다가 한문의 주와 그 번역까지 붙어 있다는 점 등이다. 간행지가 'Ho Kien Fou'라고 되어 있는데, 허베이성의 허젠푸라는 사실은 홍콩중화

출판의 장쥔펑 씨를 통해 알게 되었다. 왼쪽이 프랑스어, 오른쪽이 라틴어로 되어 있다. 이 책을 입수했을 때 매우 기뻤다. 무엇보다 유럽에서 동아시아의 한문 같은 역할을 한 라틴어 번역이 들어 있었기 때문이다. 한문과 라틴어 사이에는, 근대 국가의 언어인 프랑스어와의 사이보다는 조화로운 부분이 있지 않을까. 그런 눈으로 보니 한문의 한 글자 한 글자와 라틴어의 한 단어 한 단어가 조화롭게 대응하는 것처럼 보인다. 쿠브뢰르는 '오경五經'도 『역경』을 제외하고 모두 번역했다. 『서경』의 예를 보면 라틴어 번역은 없는 대신 상세한 주가 붙어 있다. 간행지는 그가 거주했던 허베이성의 셴현으로 되어 있다.

다음으로 리하르트 빌헬름이 번역한 『노자 도덕경』을 예로 들어보자. 빌헬름은 1899년 통합복음파해외전도협회(AEPM)로부터 산둥성 칭다오에 목사로 파견되었다. 그의 신념은 중국인을 위해 중국 문화의 확대와 보편화에 이바지하는 한편, 유럽인의 세계관을 확대하고 심화하는 데도 기여하는 것이었다. 이 두 가지 면은 서로 연결되고 순환하면서 비로소 성과를 얻었다. 그가 중국 철학이나 문학을 독일어로 번역하는 일을 시작한 것은 이런 상호 이해를 위한 구체적인 기초를 만들기 위해서였다.『노자 도덕경』의 출판은 1911년이었고, 그보다 1년 전에 『논어』를 출판했다. 이하 그의 중국 고전 번역서를 출판한 곳은 모두 독일 예나의 오이겐 디데리히스이다. 이 출판사의 이름도 분명히 기억해야 할 것이다.『열자』(1912년), 『장자』(1912년), 『맹자』(1914년), 『역경』(1924년),『여씨춘추』(1928년),『예기』(1930년) 등을 연달아 출간했다.

1921년 그는 유럽으로 돌아가 심리학자 융과 만난다. 취리히의 심리학 클럽에서 그가 했던 주역 강연이 융에게 준 인상에 대해서는 융 자신이 몇 번이나 기술했다. 리하르트 빌헬름의 영어 번역에 상당히 긴 서문을 보냈을 정도이다. 리하르트 빌헬름의 『역경』 번역을 도와준 중국인으로 라오나이쉬안이라는 사람이 있었다. 청나라 시대의 유신遺臣으로 신해혁명 이후 칭다오로 왔다. 음운학자로서 표음문자의 도입을 생각했던 사람이라고 한다. 중국의 정신 세계에 푹 빠진 빌헬름은 해외전도협회를 떠나 동양학술연구소를 설립하려 했지만, 그 생각은 좌절되었다.

중국 음운학의 세계적 권위자로 스웨덴의 베른하르드 칼그렌이 있다. 원래는 비교 음성학에 관심이 있던 슬라브어

학자였는데, 비교 역사 음성학의 기법에 기초하여 중국어학 연구에 착수하기로 결심했다. 그리고 중국어의 상고음上古音, 중고음中古音의 복원에 도전했다. 그 연구 성과를 시험해 보는 데 가장 적절한 텍스트로 선정된 것이 『시경』 번역이었다. 이 번역본에는 중국어음도 붙어 있는데, 거기에는 상고음 표기도 부가되어 있다. "중국 문명은 중국어와 함께 있다"는 그의 신념이 아주 훌륭하게 표현되어 있다고 할 수 있을 것이다.

칼그렌의 연구 성과를 기초에 둔 일본의 중국어 음운학자로 도도 아키야스라는 사람이 있다. 그는 자형字形의 같고 다름에서 공통되는 의의를 찾아내고자 하는 전통적인 문자학을 부정하고, 자음字音의 이동에 주목했다. 그래서 자형에서 의의를 찾으려고 하는 시라카와 시즈카의 한자학과 정면으로 대립하게 되었다. 그가 편집한 가쿠슈겐큐샤의 『한화대자전』(1978년)은 매우 독특하다. 하나의 문자에 네 개의 발음 표기가 붙어 있다. 위로부터 순서대로 주周·진秦의 음, 수隋·당唐의 음, 원元의 음, 그리고 베이징어 및 현대음으로 나열되어 있다. 원의 음은 중세 구어의 체계를 보여주는 『중원음운中原音韻』이라는 운서에 근거하고 있다. 도도 아키야스가 편집한 자전을 이용하며 발음 기호에 주목하는 사람이 얼마나 될까? 그러나 중국 고전 문명을 이해하고자 한 이와 같은 열정은 귀중한 것이라 여겨진다. 도도 아키야스의 죽음으로 그 사람 안에 축적되어 있던 중국어 음운에 대한 엄청난 지식을 잃어버렸다고 해도 과언이 아니다.

타문화를 이해하기 위해 만들어진 책 가운데 여기서는 중국 문화를 예로 들었다. 예를 들자면 끝이 없지만 마지막으로 중국인이 타문명 사람들을 위해 만든 책을 들며 끝내고자 한다. 『LISAO』는 굴원의 『이소離騷』를 영어로 번역한 것이다. 번역자는 양셴이와 그의 아내 글래디스 양이다. 작고 아름다운 책인데, 굴원이 후난성 미뤄의 연못에 투신한 지 2230년을 기념하여 출간한 것이라고 한다. 중국 문명의 장대함을 보여주는 기막힌 숫자이다. 1940년, 옥스퍼드 유학을 마치고 귀국하는 양셴이와 함께 글래디스도 중국으로 건너왔다. 『수호전』, 『홍루몽』 등 두 사람이 번역한 중국 문학은 100권에 달할 것이다. 다른 문명 아래에서 자란 두 사람의 만남에 관해서는 다음 기회에 이야기하도록 하겠다.

후기

이 책의 기본이 되는 원고를 이와나미서점의 오다노 고메이 씨에게 건네주고 얼마 지나지 않아 생각조차 못했던 설암에 걸렸다는 사실을 알았다. 그 선고를 받고 나서 뭔가 마음이 하나로 정해지는 것을 느꼈다. 이번에 새로 쓴 글 가운데 두 편 「한 인문서 편집자의 회상」과 「번역가 소묘」에 내가 예상하지 못했던 오류가 숨어 있을지도 모른다는 생각에 공표하기가 망설여졌는데, 그 시점에서 정해졌다. 내가 말하지 않으면 미묘하게 틀렸다 해도 이제 아무도 말할 사람이 없게 된다.

생각해보면 여러 가지 일이 이 결론을 향해 나아간 듯도 하다. 처음에 오다노 씨가 나를 인터뷰하고 싶다고 해서 도쿄역 스테이션호텔의 레스토랑 카멜리아에서 슈에이샤의 오치아이 가쓰토 씨, 메이지가쿠인대학의 조성은 씨까지 함께 두 번 정도 만났다. 그 후 코로나 바이러스가 만연하는 바람에 흐지부지되어 내심 안심하면서도 다른 한편으로는 미안한 마음이 들어 외출을 자제하게 된 시기에 이 회상을 쓰기 시작했다.

그리고 매월 1회 '지가사키 정담'이라는 이름으로, 지가사키에 사는 이치무라 히로마사 씨와 만날 때마다 이 원고를 조금씩 가지고 가서 평을 청했다. 어느 날 "가토 씨는 사건을 아주 좋아하나 봐요"라는 말을 들었다. '역사학 전공이어서'라고 말하고 싶었지만, 실은 사색이 서투른 것이다. 회상에는 사건을 좋아하는 내 마음이 제대로 살아 있으면 좋겠다고 생각하고 있다.

「번역가 열전」의 집필을 권한 것도 이치무라 씨이다. 작은 전기까지는 안 되지만, 데생 정도라면 가능하지 않을까 생각하고 쓴 것이 「번역가 소묘」이다. 이 책이 무언가 쓸모가 있다고 한다면, 번역가들이 빛을 볼 수 있게 한 것일 터이다.

이렇게 보면, 오다노 씨와 또 한 사람 이치무라 씨라는 편집자가 있었다는 말이 된다. 내가 이런 말을 하는 것이 묘하지만, 집필자가 되어 편집자란 얼마나 고마운 존재인가를 실감했다.

이번에 책을 만들면서 옛 원고도 몇 편 수록하였다. 옛 글 가운데 서지학적 기호에 근거한 글이 상당히 많다고 한 것도 이치무라 씨이다. 내게는 다른 독자에게는 없는 기호가 분명히 있다. 바로 전집이나 사서의 범례를 즐겨 읽는 것이다. 스스로도 몇 개 쓴 적이 있는 탓인지 전집의 범례는 텍스트의 무엇을 어떻게 처리했는가를 독자에게 명확하게 전해야 하는 부분이라 늘 신경이 쓰였다. 가타카나 표기로 할까 히라가나 표기로 할까, 점을 찍을까 말까 등의 차이까지도 텍스트뿐 아니라 그것을 읽는 독자에게 큰 문제가 될 수 있다. 이런 걸 즐긴다는 것은 상당히 편향된 즐거움이지만, 듣고 보니 몇 편의 글은 그런 기호의 산물임에 틀림없다. 거기서 비롯하는 상당히 재미난 것들이 있다. 그걸 알아봐 주신다면 큰 다행이겠다.

　서두에 말씀드린 것처럼, 생각지도 못한 오류가 있지는 않을까 두렵기는 하지만, 여러분의 지적을 기다린다. 자료의 탐색은 미스즈서방의 이시가미 준코 씨에게 큰 신세를 졌다. 이 자리를 빌려 감사드린다.

2021년 1월
가토 게이지

옮긴이의 말

"가토 게이지입니다. 형사 아니에요!"

2004년 여름, 도쿄 신주쿠에서 열린 동아시아출판인회의 사전 준비 모임에서 서로 명함을 주고받으며 처음으로 나눈 인사말이다. 게이지敬事는 일본어 형사刑事와 발음이 같다. 그 말씀을 하시는 얼굴이 농담인지 진담인지 구분하기 어려운 진지한 표정이어서 나는 '이분은 경찰과 악연이 있으신가? 왜 굳이?'라고 생각했을 정도였다. 이것이 이 책의 저자 가토 게이지와 나의 첫 만남이다.

가토 게이지 선생님을 내게 소개해주신 분은 헤이본샤 편집국장을 지낸 류사와 다케시 선생님이다. 두 분과 이와나미서점의 오쓰카 노부카즈 선생님까지 은퇴한 원로 편집자 세 분이 발기인이 되어 오랫동안 명맥이 끊겼던 동아시아 출판 교류를 도모하는 회의체 조직을 만들기로 하고 모인 자리였다. 초대 회장은 가토 게이지 선생님이 맡기로 했고, 나와 중국의 마젠취안 씨가 조직위원이 되어달라는 제안을 받았다. 그 자리에서 바로 동의를 하고, 이어서 일본 편집자들의 독특한 술자리 분위기를 처음 경험하게 되었다.

이후 2009년 '동아시아 100권의 책' 선정, 2016년 오키나와에서 열린 동아시아출판인회의 10주년 기념회의 등 크고 작은 일을 함께 하면서 매년 두세 달에 한 번씩은 얼굴을 마주했다. 그때마다 그분은 깨끗한(?) 일본어로 책과 사람 이야기를 들려주셨다. 어느 틈엔가 나는 그분을 '가토 선생님'이라고 부르게 되었다. 여러 분야에 대한 해박한 지식은 물론이고, 진지한 얼굴로 썰렁한 농담을 던지며 보이시던 그 '파안'의 웃음으로도 내게는 '큰 선생님'이었다. 가토 선생님은 회의 중에 참가자들의 캐리커처를 그려 회의가 끝나면 슬그머니 건네주시곤 했다. 본인들도 깜짝 놀랄 정도로 한 사람의 특징을 잘 잡아내는 재주를 가지셨다. 나는 10주년 기념회의에서 그림을 받고는 정말로 감격했다. 그전에는 아무리 졸라도 "임상은 얼굴이 커서 그리기 힘들어"라며 그려주시지 않다가 그날 '공로패' 대신이라며 건네주신 것이다. 은근하면서도 따뜻한 배려가 가토 선생님 그 자체였다.

동아시아출판인회의의 변화를 꿈꾸며 중국 회의를 기다리던 시기에 코로나 팬데믹이 덮쳐왔고, 가토 선생님과는 줌 프로그램을 통해 딱 한 번 뵈었을 뿐이다. 얼마 후 류사와 선생님으로부터 가토 선생님이 설암에 걸리셨다는 청천벽력 같은 소식을 전해 들었다. '뵈러 가야 하는데'라는 초조함으로 지내던 2021년 4월의 어느 날, 가토 선생님의 '부음'을 전해 들었다. 4월 4일에 돌아가셨는데, 가족들이 이제야 알려왔다는 말과 함께……. 얼마 후 이 책의 편집자인 오다노 씨에게서 돌아가시기 전에 선생님을 뵙고, 한국어판 번역은 '임상'이 할 것이라고 전했더니 "그럼 안심이야, 고맙다"라고 하시면서 편안한 웃음을 보여주셨다는 말을 전해 들었다. 나는 흐르는 눈물을 닦을 마음조차 들지 않았다.

가토 선생님의 유작을 번역하면서 지난 20년 가까운 세월 동안 내가 그분께 정말 많은 것을 배웠음을 실감했다. 웃음과 눈물 속에서 선생님의 말씀을 옮겼고, 이제 이 후기를 쓰고 있다. 가토 선생님을 기리며 선생님께 들었던 당신의 이야기를 짧게나마 정리해두고자 한다.

마루야마 마사오는 가토 게이지를 평하여 '제너럴리스트 generalist'라고 했다. 이 책의 저자 가토 게이지, 그러니까 가토 선생님은 마루야마에게 그렇게 불린 것을 평생 자랑으로 여겼다. 편집자로서 인문학을 지향했던 가토 선생님에게 그 이상 어울리는 말도 없을 것이다. 그렇지만 가토 선생님은 '스페셜리스트specialist'로서의 면모도 지니고 있었다. 가토 선생님이 즐겨 사용하던 격언 "모든 것에 대해 무엇인가를 알고 있을 것, 무엇인가에 대해서는 그 전체를 알고 있을 것"이라는 말은 선생님 당신이 지향하던 바이기도 했다.

도쿄대학 동양사학과에서 수학한 가토 선생님의 졸업 논문은 인도 및 동남아시아사 연구의 권위자이자 동양사학과 학과장이던 야마모토 다쓰로 교수가 『사학잡지』에 게재하라고 추천했을 정도로 훌륭했다고 한다. 『사학잡지』는 일본의 역사학 연구에서 가장 오래되고 권위 있는 학술지의 하나로 젊은 연구자의 등용문이기도 했다. 하지만 가토 선생님은 그 추천을 고사했다. 이 책에서 처음으로 밝혔지만, 졸업 논문의 주제는 '만주의 조선인 공산주의자'였다. 본래 중국 고대에 관심을 두었던 가토 선생님은 방대한 연구가 축적되어 있는 고대사에서는 논문 주제를 잡을 수 없었고, 고심 끝에 이 주제를 택했다. 이 논문에 주목한 동양사학과 선배 가지무라 히데키는 가토 선생님에게 조선사 연구를 하라고 권하기도 했다. 가토 선생님은 이것도 거절했다.

왜 선생님은 스페셜리스트, 그러니까 연구자가 되는 길을 택하지 않았을까? 가토 선생님은 당시 도쿄대학에 유학을 와 있던 타이완 인류학자에게 중국어를 배우고 있었고, 도쿄대학에서는 만주어 강의도 수강했다. 베이징대학에서 유학하기를 희망했지만 문화대혁명이 일어나 그 뜻을 이루지 못했고, 대륙의 대학이 문을 닫은 상황에서 입학이 매우 어려웠던 홍콩중문대학의 수험에도 실패하여 유학을 단념할 수밖에 없었던 사정도 편집자로의 전신轉身을 택한 이유였을지 모르겠다. 미스즈서방에 입사한 가토 선생님을 기다리고 있던 것은 기획 준비 단계에 있던 『현대사 자료』였다. 선생님은 이 대기획 가운데 『현대사 자료(31), (32) - 만철』을 담당하게 되었으니 미스즈서방은 가토 선생님의 전문성

270

을 살리는 장이기도 했던 것이다.

1960~80년대는 일본 인문서 출판의 황금기였다. 그 흐름을 견인한 대표적인 출판사로 미스즈서방, 이와나미서점, 헤이본샤 세 곳을 꼽을 수 있다. 여기에 문학 출판의 색채가 강했던 지쿠마서방을 더해도 좋을 것이다. 가토 선생님이 미스즈서방에 입사한 1965년 무렵에는 신입사원 채용을 정기적으로 시행하는 인문서 출판사는 매우 드물었다. 이와나미서점이나 헤이본샤처럼 미스즈의 8~10배의 인원이 근무하는 대형 출판사들에서나 가능한 일이었다. 이와나미서점은 저자나 직원의 추천을 수험 자격의 필수 요건으로 하고 있었기 때문에 '연고 채용'의 성격이 강했던 반면, 개방적인 시험 제도를 도입한 헤이본샤는 매년 100대 1이 넘는 경쟁률을 보였다. 언젠가 가토 선생님이 미스즈서방에 입사하기 전에 헤이본샤 입사 시험을 봤다가 떨어졌다는 이야기를 해주셨다. 당시 헤이본샤는 백과사전을 중심으로 역사, 미술, 고고, 민속, 지리 분야의 대형 기획으로 높은 평가를 얻고 있었다. 특히 『아시아 역사사전』(전 10권, 1961년)이 출간되고, '파묻혀 있는 아시아 고전의 발굴'이라는 슬로건을 내건 인문 총서 『동양문고』의 출간이 시작된 시기가 가토 선생님

이 도쿄대학에 재학 중이던 무렵이었으니 헤이본샤를 우선 지망한 것은 자연스러운 일이었을 것이다.

그보다 몇 년 후에 헤이본샤에 입사한 류사와 선생님께 들은 바로는 가토 선생님이 헤이본샤 입사 시험을 봤던 그 해에 입사한 사람은 도쿄대학을 졸업한 일본사(근대사) 전공자와 서양사(스페인사) 전공자 두 사람뿐이었다고 한다. 그런데 가토 선생님은 왜 도쿄대학 동양사학과 교수진과 관계가 깊던 이와나미서점을 지망하지 않았을까? 내 추측으로는 이와나미서점은 패전 전에 이미 일본의 대표 출판사로 명성을 확고히 하고 있었지만, 문학이나 고전을 제외하고는 사회과학이나 역사학 연구 성과를 담은 학술 논문집이 많아 인문 출판이라기보다는 학술 출판의 권위라는 인상이 강했기 때문인 듯하다. 또한 이와나미는 사상적으로는 '리버럴'이라기보다는 '혁신', 그것도 스탈린 비판 이전의 공식적 좌익이라는 평가가 당시 1960년 안보투쟁을 경험하며 새로운 지적, 정치적 동향에 민감하게 반응하던 학생들 사이에 확산되고 있었다. 가토 선생님은 바로 그 세대였다.

미스즈서방에는 단순하지만 명확한 목표가 있었다. 현대 서구 문화를 이해하는 데 빼놓을 수 없는, 비非마르크스주의적인 지적 전통을 형성해온 수많은 명저를 체계적으로 번역 소개하는 일이었다. 가토 선생님이 입사한 1960년대 중반부터 미스즈는 현상학, 구조주의, 분석철학, 인류학, 문학비평, 정신의학, 과학사 등 인문학의 여러 분야에 걸쳐 해외 명저의 번역 출판을 본격화했고, 그 결과 이 책에도 언급되었듯이 해외 출판인들이 '꿈같은 출판사'라며 감탄하는 출간 목록을 가지게 되었다. 2008년 동아시아출판인회의 교토 회의에서는 '서적의 교류와 번역을 둘러싼 문제들'이라는 제목으로 가토 선생님이 미스즈서방 편집장으로서 경험한 일본 번역 출판의 역사를 들을 수 있었다.

가토 선생님은 중국 고대사의 스페셜리스트이기도 했지만, 책 전반부에 소개된 대학 시절의 독서 목록만 보더라도 그 학문적 토대에는 마르셀 그라네나 원이둬의 민족학, 인류학, 종교학적 탐구를 기저에 둔 고전학에 대한 지식이 있었다. 책 후반부에서는 서지학이나 고문서학에 대한 소양도 확인할 수 있다. 스페셜리스트 가토 게이지에게는 일찍이 인문학 전반에 대한 폭넓은 관심이 있었고, 그 제너럴리스트적인 면모가 편집자라는 직업과 만나면서 한 시대의 지적 지도를 그리는 뛰어난 안목으로 꽃핀 것이라 할 수 있다.

색인

278

편집자의 시대

2023년 2월 27일 1판 1쇄

지은이	옮긴이	
가토 게이지	임경택	

편집	디자인	
이진, 이창연, 홍보람	김효진	

제작	마케팅	홍보
박흥기	이병규, 이민정, 최다은, 강효원	조민희

인쇄	제책	
천일문화사	J&D바인텍	

펴낸이	펴낸곳	등록
강맑실	(주)사계절출판사	제406-2003-034호

주소		전화
(우)10881 경기도 파주시 회동길 252		031)955-8588, 8558

전송
마케팅부 031)955-8595, 편집부 031)955-8596

홈페이지	전자우편	
www.sakyejul.net	skj@sakyejul.com	

블로그	페이스북	트위터
blog.naver.com/skjmail	facebook.com/sakyejul	twitter.com/sakyejul

값은 뒤표지에 적혀 있습니다. 잘못 만든 책은 서점에서 바꾸어드립니다.

사계절출판사는 성장의 의미를 생각합니다.
사계절출판사는 독자 여러분의 의견에 늘 귀 기울이고 있습니다.

이 책은 저작권법에 따라 보호받는 저작물이므로 무단 전재와 무단 복제를 금합니다.

ISBN 979-11-6981-122-4 03830